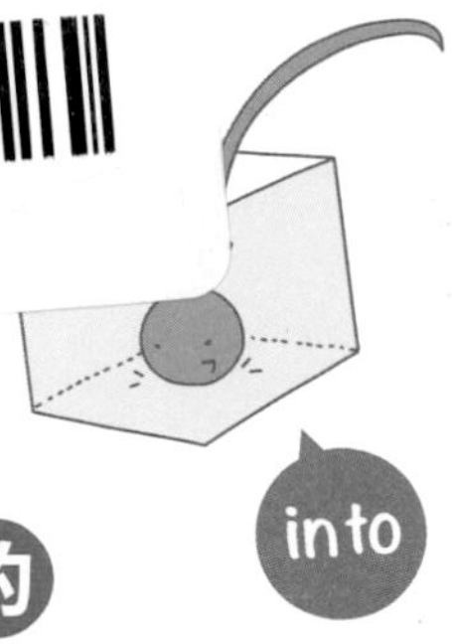

English Prep

3....... 2.......

看圖‧秒懂‧不用錯的英文介系詞

WIT HOUSE著

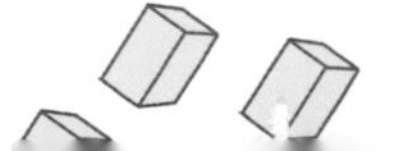

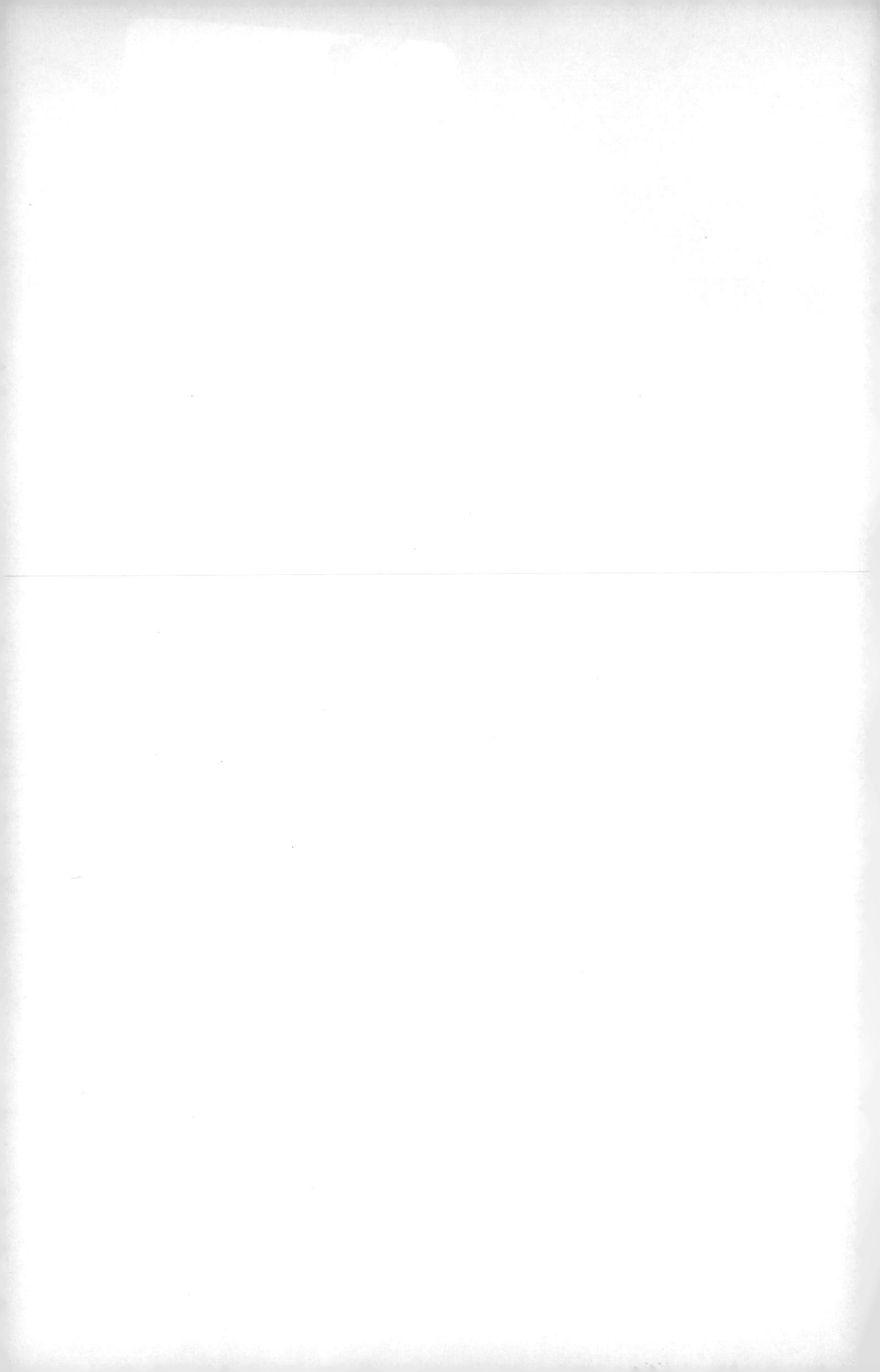

前言

要了解介系詞，最重要的事就是掌握該介系詞所具備的「基本概念」。例如，「我在公車站牌」是 I'm at the bus stop.，「我在房間裡」是 I'm in the room.，介系詞的用法是不一樣的。因此，一旦理解英文的 at 是「一個點」的概念，而 in 表示被某個框架包圍之下的「裡面」概念之後，要區分介系詞就很容易了。

在本書當中，除了中文的解釋之外，重點是以圖示或插圖等一看就懂的方式來理解介系詞。本書一開始，會先請讀者看圖來理解介系詞的基本概念。掌握概念之後，再閱讀與該介系詞相關的各個例句，就能學會這個介系詞的使用方法。本書的第二個重點則是，教你區分容易誤用的兩個相似介系詞。

要正確使用介系詞，真的要先掌握介系詞的「概念」。現在，就用圖解來搞懂介系詞吧。

WIT HOUSE

目錄

第 2 章 區分相似介系詞的使用方式！ 137

知識專欄

Spring
Fashion

本書特色

第 1 章　靠圖像來理解介系詞！

回到原點來了解基礎概念，擺脫中文說也說不清楚的狀況。

①看圖先搞懂基本概念

一開始以簡單的圖像呈現「基本概念」，透過圖中的相對位置、關係、移動方向等圖素，讓原本複雜的介系詞產生實際的畫面。

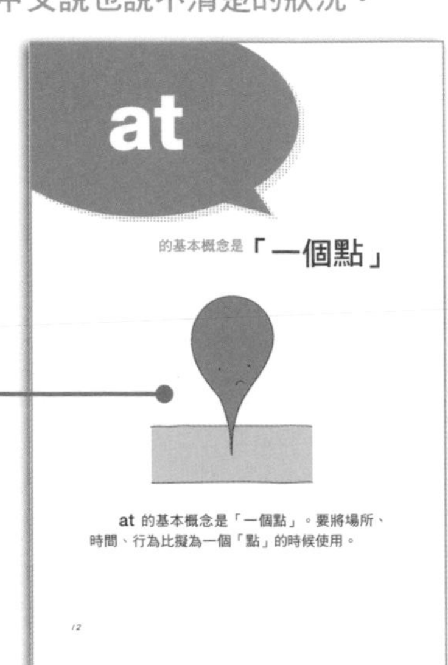

at
的基本概念是「一個點」
at 的基本概念是「一個點」。要將場所、時間、行為比擬為一個「點」的時候使用。
12

在戲院
She is at the theater.
她在戲院。
●戲院在這裡是指「場所的一個點」，所以要使用 at。不管是在建築物的入口還是坐在座位上、或者是在入口以外的地方，都可以使用 at。

③知識專欄

將電影、歌曲、諺語或名言佳句裡出現的「介系詞」挑出來做介紹，讓你有深刻了解。

②搞懂一個基礎概念，記住一串相關用法！

只要理解了一個基本概念，搭配圖解與例句，相關的各種用法都能從此概念去聯想、延伸，自然不用背。

Singin' In the Rain「在雨中歌唱吧」

這是1952年公開的音樂劇電影 Singin' In the Rain。在一開始的雨中，由金凱瑞所飾演的主角沒有撐傘，輕快而愉悅地歌唱跳舞，這個畫面很有名。由於是在雨中這個「框架裡」唱歌，所以是使用 in。歌詞中唱著「在雨中歌唱，感覺真棒，我嘲笑著天空的烏雲…」，之後是 The sun's in my heart「太陽在『心靈這個框架』裡面」。

第 2 章　區分相似介系詞的使用方式！

透過兩兩交叉比對，相似的介系詞立刻露出破綻，不再疑惑！

①先看圖配對、找出差異，分辨相似介系詞的用法

就像玩大家來找碴一樣，藉由 2 張相似插圖的比較與配對，試著先從圖的情境與例句來判斷相似介系詞的差異與用法，開啟左右腦記憶訓練。

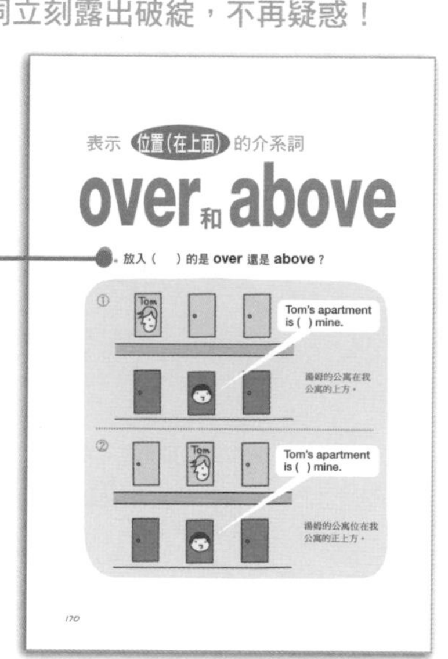
表示 位置(在上面) 的介系詞

over 和 above

● 放入（　）的是 over 還是 above？

①
Tom
Tom's apartment is ( ) mine.
湯姆的公寓在我公寓的上方。
②
Tom
Tom's apartment is ( ) mine.
湯姆的公寓位在我公寓的正上方。

170

① 只要是在某事物「上方」，全都用 **above**

Tom's apartment is above mine.
湯姆的公寓在我公寓的上方。

above 和 over 都表示沒有接觸到表面、有點距離的「上方」。差別在於，above 不一定是要在正上方，就像圖①中，湯姆（Tom）的公寓比那位男生的公寓還要再高一層，但位置並非在那位男生的公寓正上方。

The sportswear department is above the shoe department.
運動服裝部門在鞋子部門的樓上。

②確認正確答案

配對完之後確認正確答案，在閱讀解說、例句的同時，也請對照「基本概念」的圖示，加深介系詞的印象。

關於目前介系詞的其他例句。

第 3 章　與動詞的組合

一次搞懂「動詞＋介系詞」組合的意義與用法。整理了日常會話中常用的各介系詞與各類不同動詞的搭配，在了解了介系詞概念之後，同時讓你的表達更精準明確。

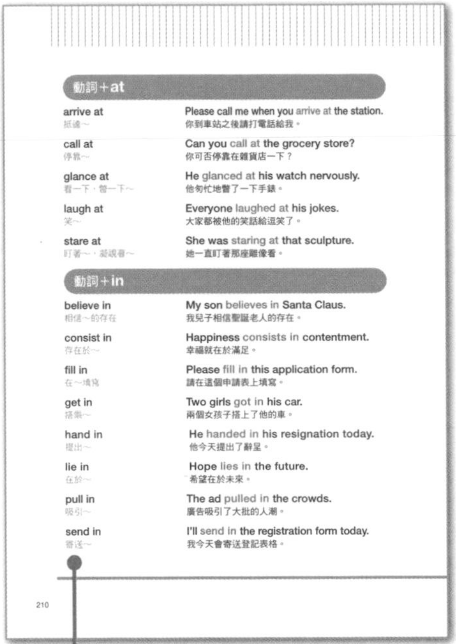

動詞＋at

arrive at
抵達～
Please call me when you arrive at the station.
你到車站之後請打電話給我。

call at
停靠～
Can you call at the grocery store?
你可否停靠在雜貨店一下？

glance at
看一下，瞥一下～
He glanced at his watch nervously.
他匆忙地瞥了一下手錶。

laugh at
笑～
Everyone laughed at his jokes.
大家都被他的笑話給逗笑了。

stare at
盯著～，凝視著～
She was staring at that sculpture.
她一直盯著那座雕像看。

動詞＋in

believe in
相信～的存在
My son believes in Santa Claus.
我兒子相信聖誕老人的存在。

consist in
存在於～
Happiness consists in contentment.
幸福就在於滿足。

fill in
在～填寫
Please fill in this application form.
請在這個申請表上填寫。

get in
搭乘～
Two girls got in his car.
兩個女孩子搭上了他的車。

hand in
提出～
He handed in his resignation today.
他今天提出了辭呈。

lie in
在於～
Hope lies in the future.
希望在於未來。

pull in
吸引～
The ad pulled in the crowds.
廣告吸引了大批的人潮。

send in
寄送～
I'll send in the registration form today.
我今天會寄送登記表格。

210

介系詞與各動詞的組合項目。

第 1 章

靠圖像來理解介系詞！

在第一章當中，將會從眾多的介系詞當中，一一介紹使用頻率最高的 33 個介系詞，並說明其使用方法。首先，請透過每單元一開始的圖片解說（基本概念圖），來掌握介系詞的意義吧。之後就一邊回想圖解一邊閱讀英文，讓你好好理解英文的表達。

at

的基本概念是「一個點」

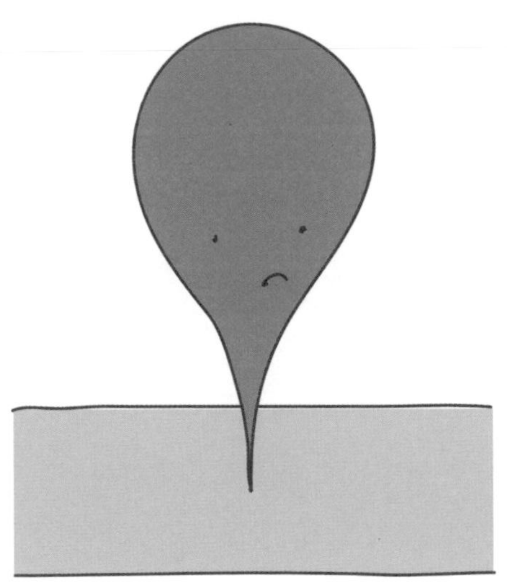

at 的基本概念是「一個點」。要將場所、時間、行為比擬為一個「點」的時候使用。

She is at the theater.

她**在**戲院。

● 戲院在這裡是指「場所的一個點」，所以要使用 **at**。不管是在建築物的入口還是坐在座位上、或者是在入口以外的地方，都可以使用 **at**。

在7點

He woke up at seven.

他**在**七**點**醒來。

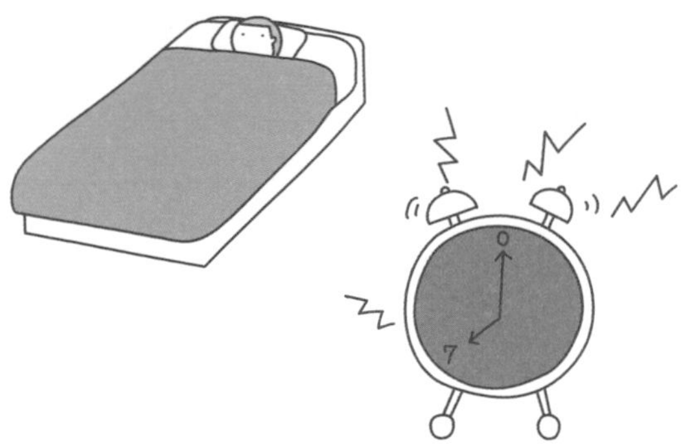

● 在意指「7 點」這個「有時間性的一個點」時，也是使用 **at**。

They set the price of the jacket at 3,000 dollars.

他們將夾克的價格**定為3000元**。

● 由於「3000 元」意指 1000、2000、3000…等「特定數值、單位」，因此是使用 **at**。

She got married at 20.

她**在20歲時**結婚了。

● 「20 歲」這個年齡意指 19、20、21 歲…這樣「特定數值、單位」，就像是直尺刻度上的一個個數字，就像是個點一樣，所以也要用 **at**。

It was love at first sight.

一見鍾情。

● **first sight** 意指「第一眼」。這裡將 **first sight**「第一眼」、「第一次見到」此行為看作是一個點。

工作

He is at work in his room.

他在自己的房間工作中。

● 從事某個活動的時候，也是使用 **at**。將 **work**「工作」這個行為視為一個「點」。

She is looking at a map.

她正在**看**地圖。

● 注視（**look**）某物，也就是瞄準某個目標看，因此該事物變成你的目標，也就是一個點的概念，所以用 **at**。

He is good at video games.

他擅長**於**電動遊戲。

● 擅長於某事物，因此該事物也就變成你的目標，也就是一個點的概念，所以用 **at**。

Ken will place third at best.

Ken **充其量**只有第三名。

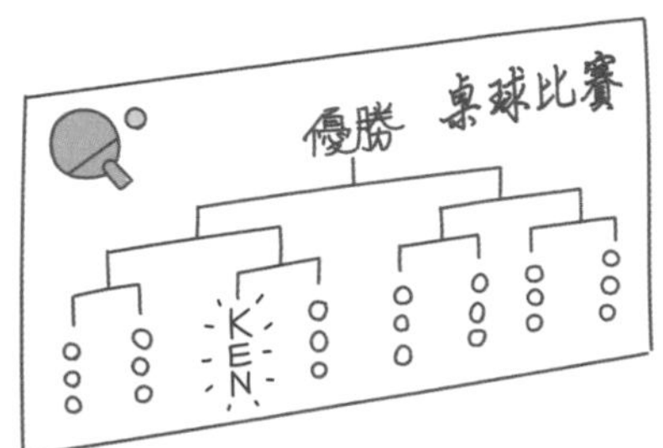

● 像是「最棒（best）」「良好」「尚可」「差」等等這些程度標準，都被看作是一個點，因此使用 **at**。

The dog gave birth to four puppies at a time.

這隻狗**一次**生了四隻幼犬。

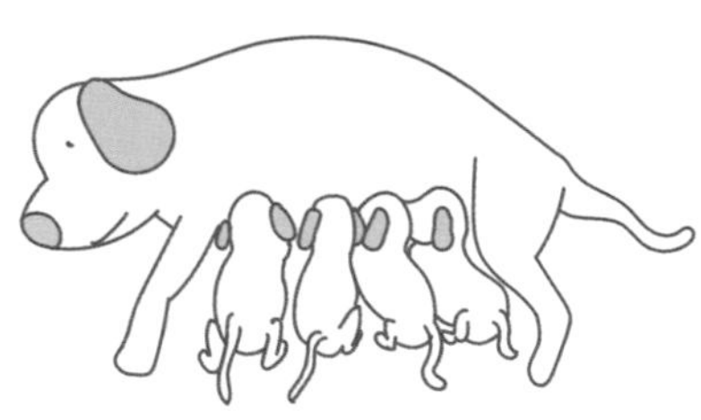

● **a time** 是指「一個時間點」，也就是「一次」的概念。

in

的基本概念是「在裡面」

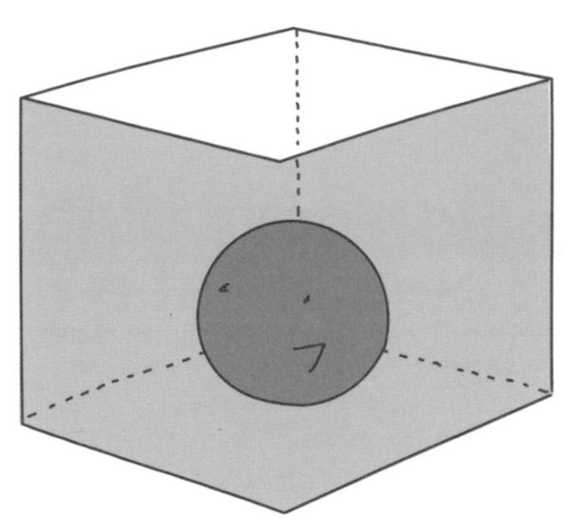

in 的基本概念是「在某個框架的『裡面』」。「被某個框架包圍」也表示「在某個空間裡面」。

A cute dog is in the car.

有一隻可愛的狗狗**在**車子**裡**。

● 像是在車子或建築物這種「立體的框架裡面」，**in** 是最基本的概念。

We have the most rain in September.

在9月的降雨最多。

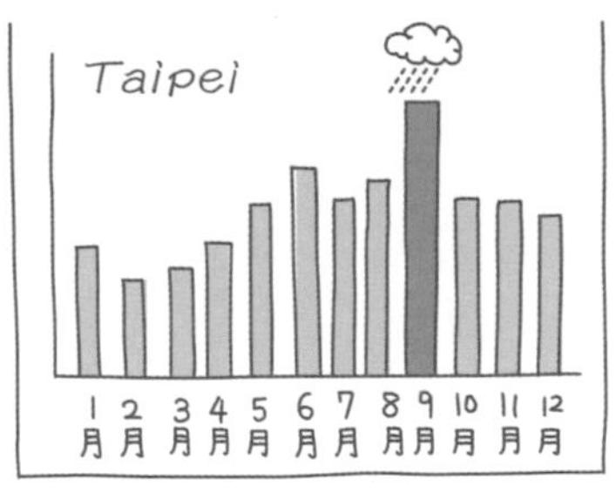

● 主要表示在 9 月這個「月份」的「框架裡面」所發生的事。除了月份，上午、下午、季節、年份等「框架」也使用 **in**。

穿著洋裝

The woman in the black dress is Aya.

穿著黑色洋裝的女生是**Aya**。

● **in** 也有「穿著～」的意思。請將黑色洋裝想像是一個「框架」，在這個框架裡的是身體。

在雜誌裡

She is reading a feature article in the magazine.

她正在閱讀雜誌**裡**的專題報導。

● 一篇篇的報導，都在雜誌這個「框架裡」。

He is in the accounting department.

他**在**會計部門。

● 除了場合或物品，組織或領域也可以視為「框架」。

Singin' **In** the Rain「在雨中歌唱吧」

這是1952年公開的音樂劇電影 **Singin' In the Rain**。在一開始的雨中，由金凱瑞所飾演的主角沒有撐傘，輕快而愉悅地歌唱跳舞，這個畫面很有名。由於是在雨中這個「框架裡」唱歌，所以是使用 **in**。歌詞中唱著「在雨中歌唱，感覺真棒，我嘲笑著天空的烏雲…」，之後是 **The sun's in my heart**「太陽在『心靈這個框架』裡面」。

A baby is sleeping in his mother's arms.

寶寶正**在**媽咪的懷裡睡覺。

● 由於寶寶是被包覆在雙臂（**arms**）「裡面」，所以用 **in** 來表示。

He is in love with her.

他愛**上**她。

● 想像人掉進戀愛「裡」小鹿亂撞的狀態，就知道用 **in** 的理由了。

He mastered Korean in a year.

他**在**一年的時間精通韓語。

● **in** 在此表示「一年」「一小時」等的「時間框架」，也可表示在那期間所進行的事。

30分鐘之後

She will be back in about 30 minutes.

她大概 30 分鐘**後**會回來。

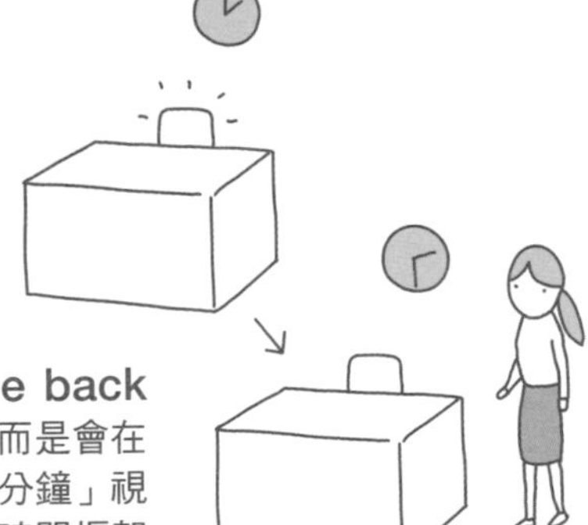

● 請以現在為基準，從 **She will be back** 可知，現在的時間她不在辦公室，而是會在未來的時間回來。請把「大約 30 分鐘」視為一個「時間框架」，在經過這個時間框架之後，就到了未來的時間，也就是她會回來的時間了。

on

的基本概念是「附著在上面」

on 的基本概念是「在上面」。但不只是在某場所或某物體的「上面」，只要是有「接觸到表面」的話，不管是在側邊或任何位置都可以用。

The phone on the table is Ashely's.

桌子**上**的電話是 **Ashely** 的。

● 表示「放」在平面上，是 **on** 的最基本意義。

There are fans on the ceiling and on the wall.

天花板和牆**上**有電扇。

● **on** 不只是在上面，只要有接觸，不管是在側邊或任何位置都可以用。「有接觸到～平面」是 **on** 的重要概念。

She has a big ring on her finger.

她在手指**上**戴著一個大戒指。

● 由於戒指和指頭有「接觸」所以是 **on**。身上戴的東西也和身體接觸，所以是用 **on** 來表示。

His name is on the list.

他的名字在清單**上**。

參加者名單
Rick Johnson
Marie Jackson
David Robbins
Sarah Bennett
Josephine Lai
Kay Robin

● 由於名字是被寫在清單的紙張「上面」，因此用 **on** 來表示。

People are using their phones on the train.

人們正**在**列車**裡**用手機。

● 在表示「搭乘」火車或巴士、飛機等的狀態時是使用 **on**。可以想像一下，搭乘這些交通工具時，腳放在地板「上」，人還能隨時從交通工具的座位上站起來、在地板上走動。

在沿線

He lives on the Bannan Line.

他家**在**板南線上。

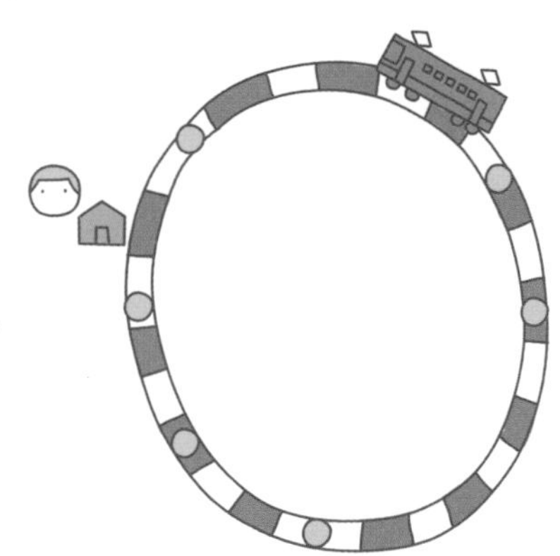

● **on** 也使用在表示接觸「某路線」上的時候。

度假

He's going to Hawaii on vacation.

他打算去夏威夷**度**假。

● 把假期想像成是一個在移動中的流程，**on** 的基本概念是「接觸在～上面」。接觸在流程上，就像是搭飛機、搭火車一樣，跟著流程進行中的概念。

She decided to live on 500 dollars a day.

她決定一天**靠** 500 元來生活。

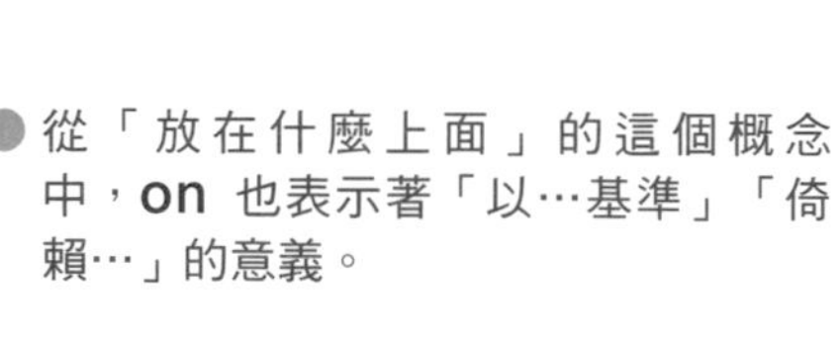

● 從「放在什麼上面」的這個概念中，**on** 也表示著「以…基準」「倚賴…」的意義。

His thoughts are on his teacher.

他**對**老師有愛慕之意。

● 對於對象，**on** 也用在「凝聚」情感或視線、注意力等時候。

對兒子

The father is putting pressure on his son.

父親**給**兒子壓力。

● 在某人身上或對某事物施壓時會用 **on**。相當於沉重的岩石壓在上方的概念。

某人買單

Today's lunch is on our boss.

今天的午餐是老闆買單的。

● 想像一下沉重的帳單壓在老闆身上的樣子吧。午餐的帳單 **on our boss**「算在老闆身上」，也就表示「老闆請客」的意思。

故意

He bumped into the woman on purpose.

他**故意**撞了那位女子。

● **purpose** 是「目的」的意思。從「附著在目的上」→「以目的為基準」，可知是「故意」的意思。

His son was born on October 23.

他的兒子**在**10月23日出生了。

● **on** 也使用在表示「日期」的時候。想像一下「附著在」或「壓在」週日或 **10** 月 **23** 日等特定日子上進行某事。

Born **on** the Fourth of July
『7 月 4 日生』

這是 1989 年上映、由湯姆克魯斯主演的戰爭電影。7 月 4 日（美國獨立紀念日）是男主角出生的「日子」。主要在描述出生於獨立紀念日、被孕育為一位軍人的男主角，在加入越戰之後，體會到戰爭空虛與愚昧之處的故事。

from

的基本概念是

「離開起點並出發」

from 的基本概念是「離開起點並出發」的這個動作。除了從某場所或從某時間裡離開並出發之外，也使用在抽象的表現上。

He is walking from the station.

他**從**車站走出來。

● 表示將車站當作「起點」、並從那裡「離開」的動作。這是 **from** 最基本的使用方式。

She'll buy the second bag from the right.

她要買**從**右邊數過來第二個包包。

● 這是在說明位置時所使用的 **from**。使用在表示從「起點」數過來第幾個的情況。

She'll go on a diet from tomorrow.

她**從**明天開始節食。

● 今天吃甜食，但明天開始要節食，這種時候的「從明天開始」使用 **from**。**from** 也用來表示「時間上的起點」。

He is from Italy.

他**來自**義大利。

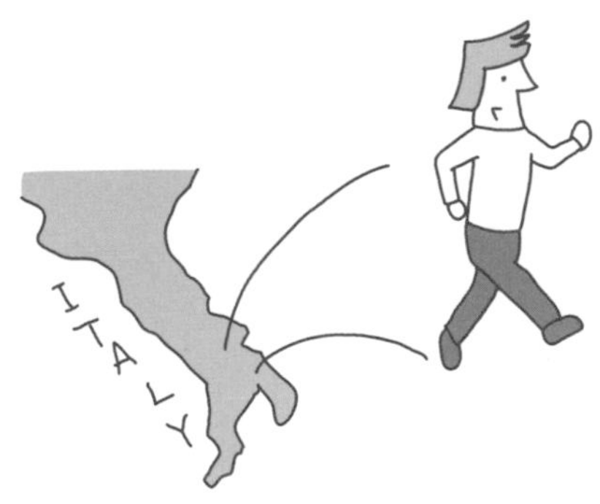

● 這是表示「出生自～」或「出處」時用的 **from**。表示「起點」的 **from**，也使用在出生地上。

Wine is made from grapes.

葡萄酒是**由**葡萄釀造**而來**。

● 「起點」是葡萄，從該起點「出發」，經過數個過程而製作出葡萄酒。食物製造來源的這個「出發點」也是使用 **from**。

He wants to escape from reality.

他想要**從**現實中逃離。

● 男子希望從「現實」這個「起點」離開。表示離開起點也是使用 **from**。

The item is different from the sample image.

這個商品**和**樣品圖不一樣。

● 在此例句，**from** 用來表示「樣品圖」與「實際商品」不同而產生的距離。

She can't tell Martin from his twin brother Leo.

她無法區分 **Martin 和**他的雙胞胎弟弟 **Leo**。

● 這裡的 **from** 也用於表示區別，**tell** 是察覺、肯定的意思，**tell... from** 是「區分～」之意。假設雙胞胎兄弟 **Leo** 和 **Martin** 站在眼前，能「從」**Leo** 這個點來「察覺出」**Martin** 的身分的話，就表示能「區分」這兩個人了。

He'll be in London from Tuesday to Friday.

他**從**星期二到星期五都會待在倫敦。

● 這裡以 **from** 來表示出發的日子。**from** 和 **to** 經常會放在一起，表示「出發點」和「到達點」。

His report is far from satisfactory.

他的報告**離**讓人滿意的程度還很遠。

● **far** 是「遠」的意思。想像「令人滿意的狀態」是一個點，從這個點出發，發現距離這個點很遠（**far from**），表示是處於「令人不滿意的狀態」。

to

的基本概念是「前往某個點」

to 的基本概念是朝某個方向前進，這個方向前方的目的地是一個「點」。

They are going to a new restaurant.

他們要**去**新的餐廳。

● 表示前往某個方向、抵達某個點，是 **to** 的最基本意義。

She is giving some candy to the boy.

她正**給**小男生糖果。

● **to** 也使用在對象是人的時候，以表示某某東西「抵達」某某人。

淋到
濕透

He got soaked to the skin in the rain.

他被雨淋**到**濕透。

● 可以想像一下雨水透過衣服「到達」肌膚的濕透狀態。

配合
音樂

They're dancing to salsa music.

他們**配合**騷莎音樂在跳舞。

● 這裡的 **to**，主要是在表達跳舞的動作，與音樂達到一致的狀態。可以想像一下，身體的律動「到達」與音樂節奏一致的這個目的地的「點」。

It's five minutes to five o'clock.

還有 5 分鐘**就要** 5 點了；離 5 點還有 5 分鐘。

● 整句是指「正在前往 5 點整這個目的地，距離還有五分鐘」。

粉碎地

The glass was broken to pieces.

玻璃杯摔**得**粉碎。

● **to** 的後面接著表示狀態的語句，可以想像一下，摔成碎片這個狀態是玻璃杯最後抵達的「點」。

His explanation is to the point.

他的說明簡明扼要。

● **explanation** 是指「說明」，**point** 是指「要點」，一個人的說明有「到達」要點，表示直接講重點。

She's attaching a notice to the bulletin board.

她正把告示貼**到**布告欄上。

● **bulletin board**（布告欄）是 **notice**（告示）所前往的「目的地」，所以讓某某物附著在或貼到「某個目的地」時，也是使用 **to**。

的基本概念是

「朝著～」

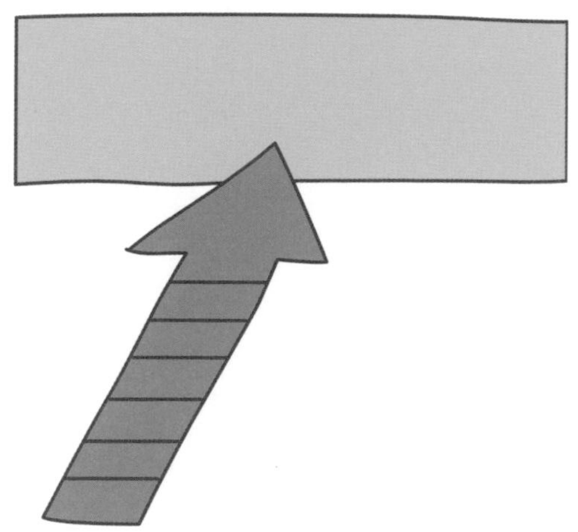

for 有各式各樣的意思，但基本概念是「朝著～」的狀態。不單單只表示方向，有時也表示「朝著某對象或目標」的動作。

The train is leaving Kaohsiung for Taipei.

列車離開高雄**往**台北出發。

● **for** 的最基本概念，就是「朝著」某個方向前進的狀態，可以想像一下往台北「慢慢前進」的畫面。

This is a present for your daughter.

這是**給**你女兒的禮物。

● 這也是朝某個目標前往的例子，禮物是「朝著女兒」→「給女兒」。

He goes for a drink with his coworkers.

他和同事一起去喝酒。

● 這裡的 **for** 從「正朝著～」這個概念，延伸成「尋求某目的」的意思，也就是帶有「為了喝～而出發」的意思。

He needs a room for studying.

他需要一間**為了**念書用的房間。

● 「朝著」某目的或用途時，要使用 **for**。

贊成

Are you for Plan A?

你**贊成A**計畫嗎？

● **for** 也使用在「贊成～」的意思上，「朝著」某個事物「前進」也就是「贊成」的意思。

She has a good eye for bargains.

她很會挑特價的優質商品。

● **eye** 是「分辨～的能力」之意。意思是「朝著」某某對象（特價品商）的識別能力。

He looks very young for his age.

以他的年紀來說，他看起來很年輕。

● 將和他同年齡的對象視為基準，「朝著」此基準前進，來說明他看起來的年齡。

The movie lasted for three hours.

那部電影持續了三小時。

● 在表示「時間範圍」「期間」時也使用 **for**，有「朝」某時間長度持續前進的概念。

He swims for 1,000 meters every day.

他每天都游 **1000** 公尺。

● **for** 除了時間範圍，也使用在「距離範圍」，也就是「長度」，在此有「朝」某距離範圍持續邁進的概念。

007系列電影
For Your Eyes Only

這是 **1981** 年公開的 **007** 系列的其中一部。主題曲中的 **for your eyes only**，是「只為了你的眼睛」→即「只希望被你凝視」的意思。**eyes only** 這個用詞主要用在極機密文件上，意指「極機密」。而這個用語被拿來用在龐德女郎誘惑詹姆士龐德時所說的話，以表達「只被你看見」，同時呼應 **eyes only** 這個用詞「極機密」的意義。

的基本概念是

「釐清關係、界線」

of 也有各種意思，但基本概念是「使～明確」「關係界定清楚」。能表達出釐清「部分與整體的關係」、「兩件事物的關聯性」、「某事物屬於某類別中」等的意義。

He is the president of JGL Corporation.

他是 JGL 公司**的**社長。

● **president** 是「社長」的意思。在此，**of** 界定清楚「社長」與「JLG 公司」的關係，說明了隸屬於 JLG 公司的社長。

Can I have a glass of water?

我可以要一杯水嗎？

● 在這個句子中，只說「一杯」的話就不知道是哪種飲料，因此用 **of water** 來「釐清」要的是「一杯的水」。

He often reads books of travel.

他經常閱讀旅遊**的**書籍。

● 使用 **of**，界定出 **books** 和 **travel** 的關聯，表達了是在「旅遊」類別的「書籍」。

She likes a man of few words.

她喜歡話少**的**男性。

● 為了「釐清」她所喜歡的男性特質，所以使用 **of**。

It's kind of you to carry my luggage.

主動幫我拿行李，你真好心。

● 光是 **It's kind** 的話無從得知誰親切，所以使用 **of** 來表示「親切的對象是你」。

He robbed the shop of some necklaces.

他從店裡將項鍊搶了出來。

● **rob** 是「搶」的意思，用 **of** 界定出項鍊（**some necklaces**）和店家（**the shop**）的關係，標明了兩者的界線，在此 **of** 也引申為「脫離～，遠離～」的意思。

的基本概念是「在附近」

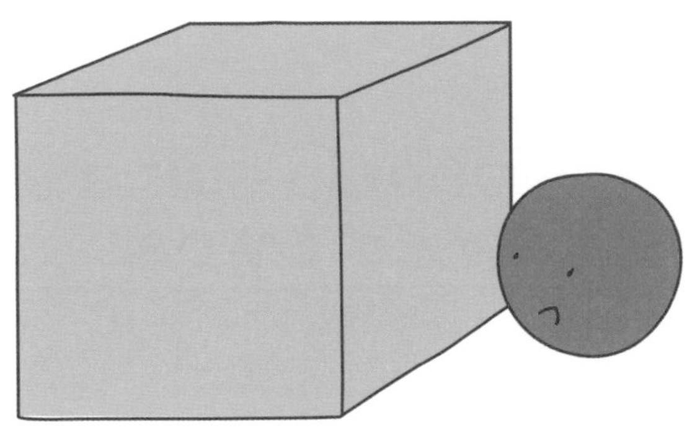

by 的基本概念是「在附近」的狀態。用來表示某事物在身邊。

She is standing by the cabinet.

她站在櫃子附近。

● 在什麼「附近」，是 **by** 的最基本概念。

Many people come to the concert by car.

許多人開車來演唱會。

● 表示手段或方法時，也使用 **by**。這裡的 **car** 是指「開車」這種「方式、手段」，而非指實際的車輛，**by car** 可想成是「接近『開車』這種手段」，引申為「透過開車這種手段」。

He sent the e-mail to his boss by mistake.

他把電子郵件誤寄給上司了。

● **by** 也表示手段或方法。在此表示用錯誤的做法來寄送電子郵件。

He must leave his office by 5:00.

他必須**在 5 點前**離開辦公室。

● **by** 在表示期限時也會使用。在此將期限（如 **5** 點）比擬為一個點，要在「接近」那個點的時候（之前）完成動作。

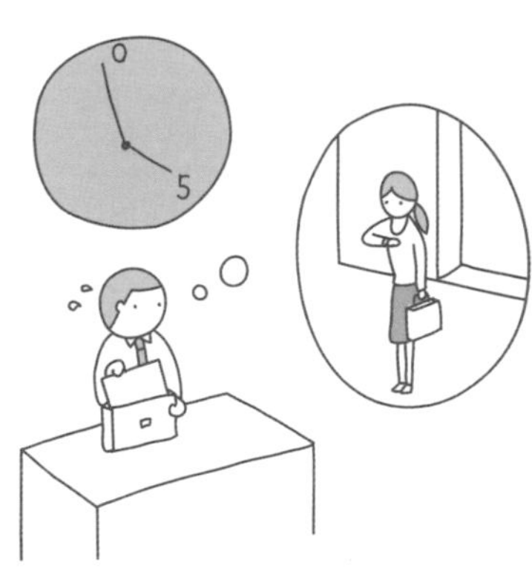

The picture was painted by a famous artist.

那幅畫是**由**知名藝術家所畫的。

● 在「被、由～所做」的語句中，也會用到 **by**。可以想一下，「一幅畫之所以能完成」，是因為「藝術家」此動作執行者接近「作畫」這個動作。

對了

By the way, have you seen him today?

對了，你今天有看見他嗎？

● **by the way**「對了」，是轉換話題時的表現。可以想像一下，某段談話正在進行中，在這段談話的「附近」還有其他話題的樣子。

She does all the housework by herself.

她**獨自**做了所有的家事。

● **by herself** 表示「在她自己附近」的意思。可以想一下，「在她自己的附近」只有「要做完所有的家事」這個任務，因此就是「獨自」的意思。

The plant is growing day by day.

那個植物一天一天長大。

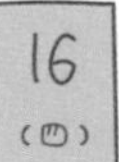

● 想像一下 **day**「一天」和 **day** 之間沒有間隔，是並列「在旁邊」的狀態，也就是以「一天接著一天」這樣形式連續的狀態。

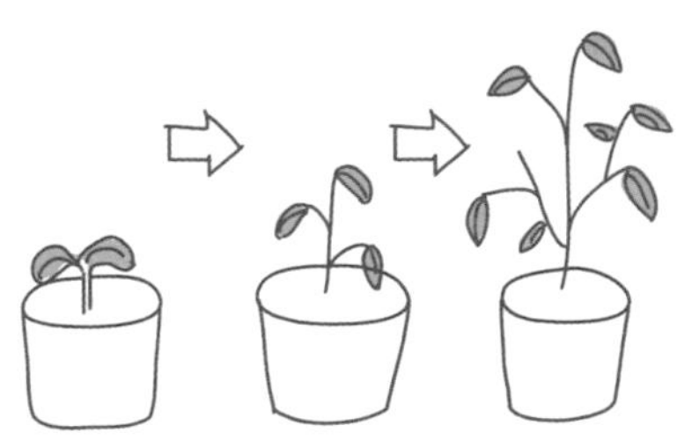

with

的基本概念是「伴隨」

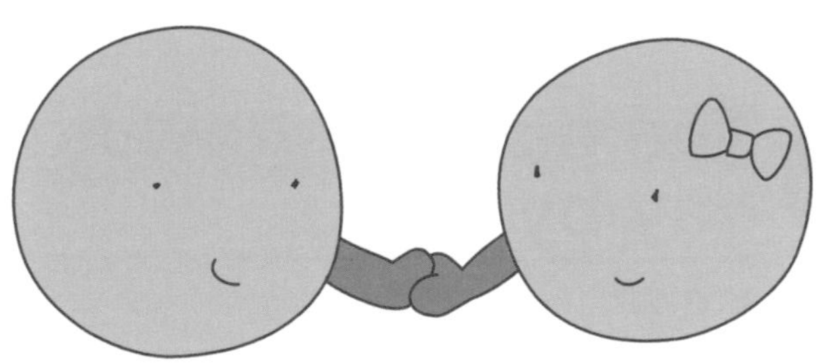

with 的基本概念是「伴隨」。表示不管是在空間上還是時間上，都是「伴隨」著另一件事物的意義。

He goes snowboarding with his friends.

他**和**朋友**一起**去滑雪板。

● **with** 的最基本概念是「伴隨其他人」→即「和別人一起」。

有著茶色眼睛

She has a dog with brown eyes.

她有一隻**帶有**茶色眼睛的狗狗。

● 可把「帶有茶色眼睛」理解成「有茶色眼睛伴隨著」。在說明某人「帶有～（顏色、長度）的」頭髮或身體一部分時，也是使用 **with**。

有好視野

She wants a room with a view.

她想要一間**有**好的視野的房間。

● **with a view** 直譯的話是「有好風景伴隨著」的意思，再衍生為「帶有好的視野的房間」→「視野好的房間」之意。

有熱情

The tennis coach speaks with passion.

網球教練**懷抱著**熱情說話。

● **passion** 是「熱情」之意。**with passion** 就是「有熱情伴隨著」→「帶有著熱情」，也就是「懷抱熱情，熱情地」的意思。

使用筷子 He isn't good at eating noodles with chopsticks.

他不擅長**用**筷子吃麵。

● **with** 從「伴隨」這個意思，引申為「使用」某某道具或材料的意思，可以把「使用筷子」想像成「有筷子這個工具伴隨著我的手，可以讓我吃麵」。

開著窗 He often sleeps with the windows open.

他常常**伴隨著**打開的窗戶睡覺。
→他常常開著窗睡覺。

● **with** 後面也可接續表示「處於某某狀態的某物」的受詞，在此 **with** 表示「伴隨著」某物（此物正處於～狀態）。

That tie goes with his shirt.

那條領帶**和**他的襯衫**很搭**。

● **go with** 直譯的話就是「伴隨～去」，衍生為「適合～；和～很搭」的意思。最常用來表示衣服的搭配，而某食物可和某飲料搭著吃，也會使用 **with**。

Gone **with** the Wind
【亂世佳人】

這是**1936**年出版、由瑪格麗特蜜雪兒所著作的一本長篇小說的書名。是描繪在**1860**年的美國，被南北戰爭蹂躪卻勇敢生存下來的某位女性的生涯。書名的**Wind**「風」象徵著南北戰爭，整體書名表示，隨此「風」一起（**with**）飄去的是，以白人為中心之貴族社會的結束。

about

的基本概念是「在周圍」

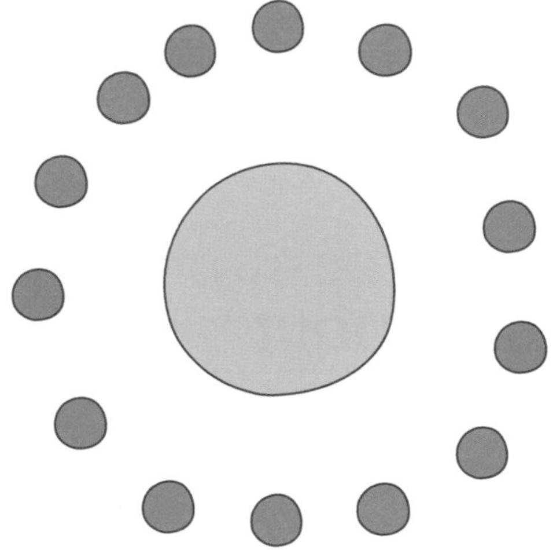

about 的基本概念是，「在～周邊」，用來表示某事物「周遭」所出現的其他物品或相關事情、資訊。

The room can hold about 20 people.

那間房間可容納**大約**20人。

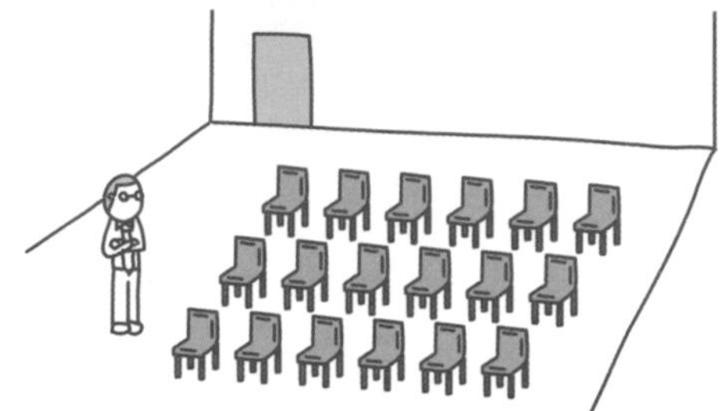

● 像是 10、15、20 等數字，都是相當明確的訊息，若是在數字前面加上帶有「在～周邊」的 about，例如 about 20，就可以理解成「在 20 這個數字的周圍、附近」，表示並非落在「20」這個點上，而是一個大約的數值，便衍生為「約 20」的意思。

There's something noble about him.

（**關於**）他這個人有點高貴。

● 此句表示在 him（他）的「周圍」瀰漫著高貴的氣息。像這種用來表示某人或某物模糊的氣息或氛圍時，要使用 about。

They are talking about a trip to the U.S.

他們在聊**關於**到美國旅行的事。

● 請想像一下，把「到美國旅行」比擬為一個點、主題，談論這個點（主題）周圍的要素，也就是去談論這個主題的相關內容。

There was an old church about here 50 years ago.

50 年前**在**這一**帶**有一座古老的教堂。

● 此句的 **about** 表示在「這裡」的「周邊」曾經有間教堂，所以也就是「這附近」的意思。在美式英語中，有時會用 **around** 來代替 **about**。

正準備～

The ship is about to leave.

那艘船**正準備**出發。

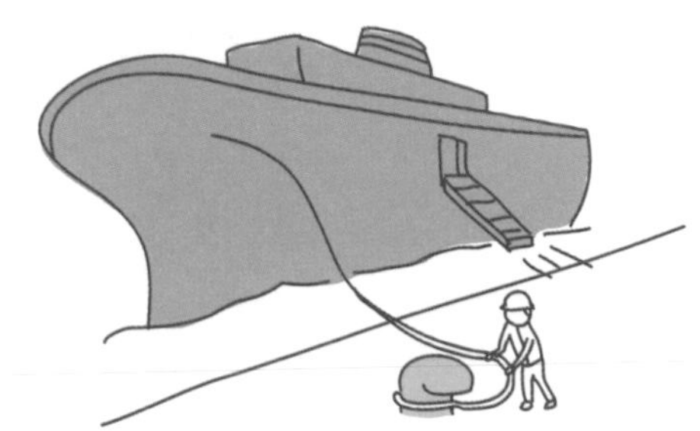

● 把這裡的 **to** 想像成「朝某個方向」，**to leave** 表示朝著「**leave**（離開）」前進，也就是「要出發」，而 **about** 放在前面便表示「接近」「要出發」此動作，在「要出發」的「周邊」，也就是「正準備要出發」的意思。

There's something about Mary
哈啦瑪莉

這是1998年上映的愛情喜劇電影。若是直譯標題的話，是「在瑪莉的周圍有一些什麼事」之意，引伸為「在 Mary 身邊瀰漫著愉悅的氣氛」，所以用 about。

after

的基本概念是「跟在後面」

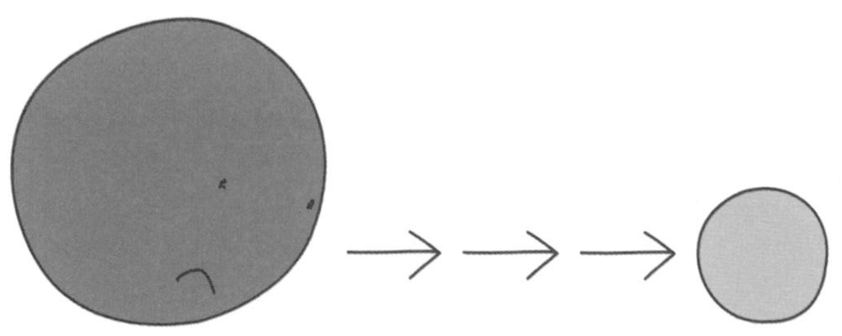

after 的基本概念是「跟在～的後面」，使用在表達「事情發生的先後順序」時。

He brushes his teeth after breakfast.

他**在**早餐**之後**刷牙。

● **after** 後面接續先發生的事情，表示「在～之後」的意思，所以是先吃早餐，之後才刷牙。

Please repeat after me.

請**跟著**我覆誦。

● 這裡的 **after me** 表示在「我」說完「之後」，聽者接著再跟著覆誦。

在你之後

After you.

你先請。

● 把此句想成是在 **after** 的前面省略了 **I will go**，也就是「我會跟在你之後（再去）」→「你先走」，是禮讓對方時的表現。

She made the same mistake time after time.

她犯了**好幾次**一樣的錯誤。

● **time** 有「（一）次」的意思。從字面上來看，「在一次（**time**）之後又來一次」，所以 **time after time** 就是「好幾次」的意思。

He has been after a better-paying job.

他一直在**找**薪水更好的工作。

● 把 **after** 用「跟隨」這個意思來理解，也就有「跟在後面追求」「尋求～」的意思。可用來表示「追求」名聲或幸福等情況。

She asked her father for the doll but gave up after all.

她跟爸爸要求買洋娃娃，但**最終**還是放棄了。

● **after all** 中的 **all** 是「所有」之意。**after all** 則是「在做了所有的事（即竭盡自己所能）之後的結果」的意思。

before 的基本概念是「在～前面」

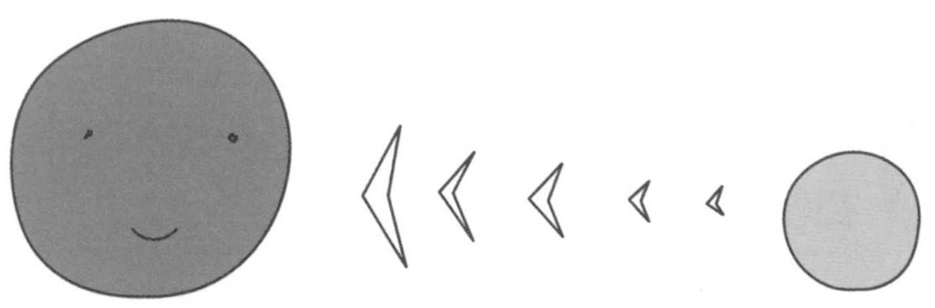

before 的基本概念是用在時間或順序方面，以表示「在～前面」，和 after 的意思相反。

They buy chocolate before Valentine's Day.

她們**在**情人節**之前**買巧克力。

● 正如 **before** 的基本概念，在此表示在時間方面的「在～之前」。

The children learn spelling before writing.

孩子們**在**學會書寫**之前**先學會拼字。

● 在此表示順序，同樣有「在～之前」的意思。

during

的基本概念是

「在某期間內的一點」

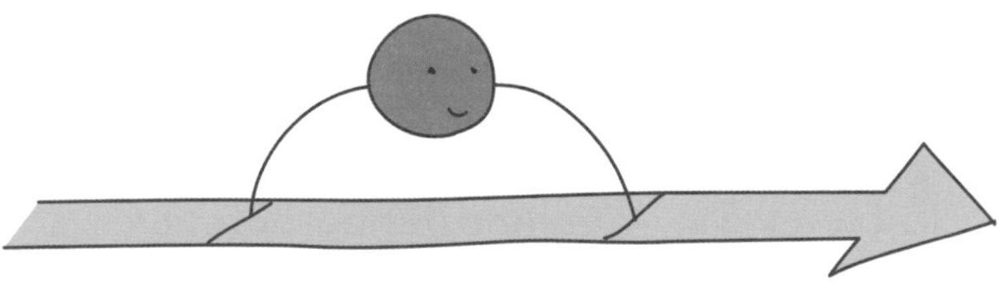

during 的基本概念是「某段期間」，用來表示在該期間所發生的事情。

He'll get a driver's license during his vacation.

他將**在**休假**期間（的某時）**取得汽車駕照。

● 主要表示在「休假」這個「期間內」的「某時刻」「某天」等等。有時在 **during** 之後，也會接續季節等等語意的詞彙。

麥可喬登的 during

被稱為「籃球之神」的麥可喬丹，說過以下這段話：**I play to win, whether during practice or a real game. And I will not let anything get in the way of me and my competitive enthusiasm to win.**「不管是在練習中還是在正式比賽，我都是為了勝利而打球。而為了勝利，我不會讓任何事物阻礙我以及我那競爭心強的熱情」。在一開始的句子當中，**during** 在此表示在「練習」「比賽」這個特定的「期間內」。

的基本概念是

「沿著～前進」

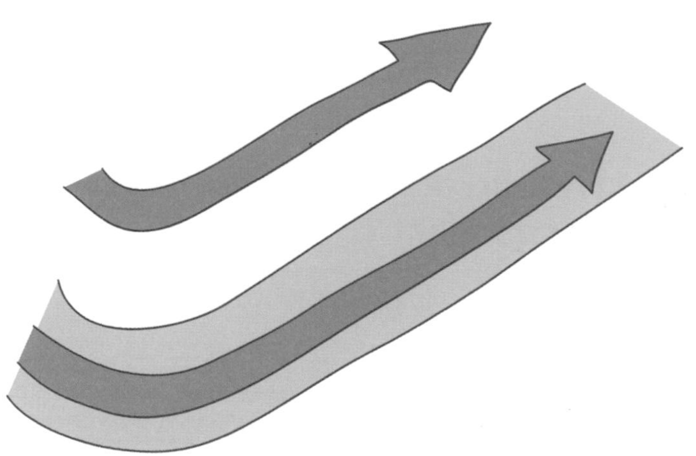

along 的基本概念是「沿著某物前進」的狀況。常用來表示沿著道路或河川等事物邊緣前進的狀態。

The woman is walking along the river.

那位女子**沿著**河邊走。

● 主要表示「沿著」河邊前進。除了河川或道路，在表示「沿著」牆壁或走廊的時候也是使用 **along**。

There are many stalls all along the street.

沿著街道走，有很多路邊攤。

● **all along** 是表示「沿著～走」的意思。**stall** 是「路邊攤」的意思。

遵循方針

We'll work on the project along the lines suggested.

我們會**遵循**建議的方針來進行企畫。

● **lines** 是「方針」、**suggested** 是「被建議」的意思。想像一下把「方針」當作好幾條線，沿著這幾條線走，不走偏，也就表示遵循方針的意思。

貓王的 **along**

搖滾樂的創始者貓王留下一句名言：**I was training to be an electrician. I suppose I got wired the wrong way round somewhere along the line.**「我為了成為電氣工而一直在訓練。我認為我一定是過程中的某個階段搞錯了吧」。這個 **line** 是「電線」，也能當作是「過程」的意思，但不論如何，表達「沿著」某「過程」時，是使用 **along the line**。

across

的基本概念是

「穿越平面」

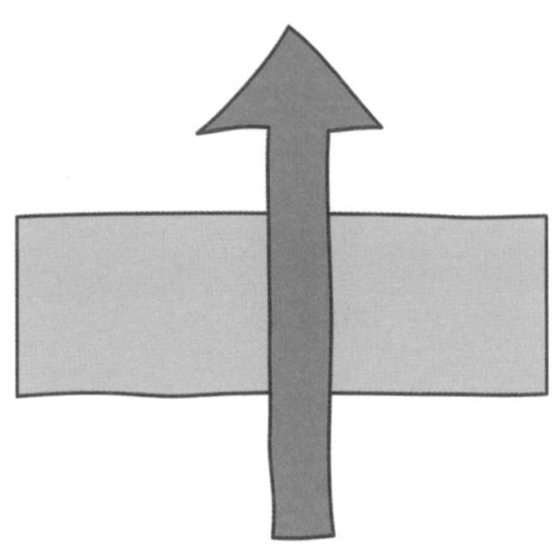

across 的基本概念是「穿越某事物之平面」。在「穿越」某場所時，將該場所視為一平面，而不是像越過山丘或穿過隧道般的立體畫面。

He is swimming across the river.

他正**游過**這條河。

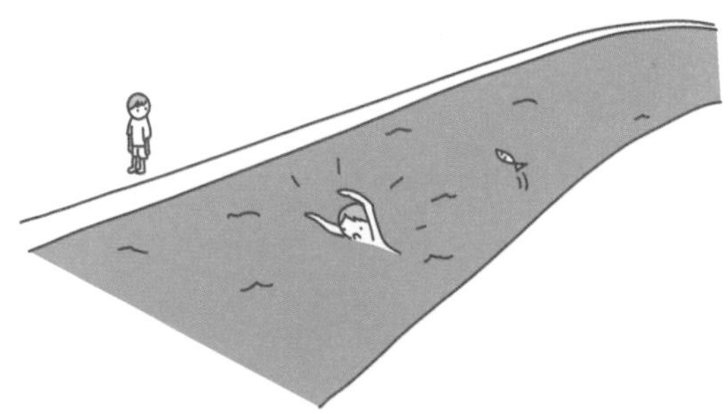

● 想像一下將河川水面比擬為一平面，「穿越河流」→即「渡過河川」。

There's a supermarket across the street.

街道的**對面**有一間超市。

● 主要是表示「穿越道路（＝平面）」「在道路的對面」有一間超市。

through

的基本概念是「通過」

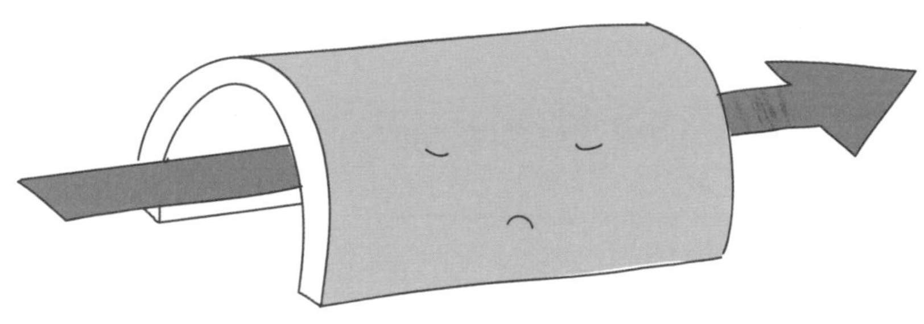

through 的基本概念是，「通過」像隧道般的空間。**through** 不只適用於隧道這樣的「空間」，也適用於「時間」。

He is walking through the woods.

他**通過**這座森林。

● 主要在表示「穿越」茂密的樹林、「通過」森林的狀態。「通過」某空間是 **through** 的最基本概念。

The coupon can be used November through December.

從**11**月**到12**月底**之前**都可以使用這張優惠

● 想像一下把 11 月當作隧道入口，而出口當作 12 月底，然後「通過」這個時間隧道。**through** 也有「在～的結束之前」的意思。

She took care of her child all through the night.

她**整**晚都在照顧她的小孩。

● 主要在表示，從「晚上」這個時間的「一開始到最後」都在照顧自己小孩的意思。**all through** 意指時間上「整個從頭到尾一直～」。

看完書

He is halfway through the book.

他剛**看完**半本書。

● 表示在「閱讀一本書的一開始到最後」的過程之間，目前是讀到中間的地方。在表示「從頭到尾」完成某課程或工作等時，也使用 **through**。

He got promoted to manager through hard work.

他**透過**努力工作而晉升到了經理。

- 把 **hard work**（努力的工作）想像成是一個隧道，通過這隧道之後，就晉升成為經理了。這裡的「通過」可引申為「透過」的意思。

A River Runs **Through** It
『大河戀』

在 **1992** 年上映的這部電影當中，布萊德彼特飾演一位具備優越飛蠅釣能力、卻好賭的男子。標題的字面意義是「河流穿過那裡流洩而去」。主要是將河流中出現的大顆岩石，以及深淺不一的河川水位，比擬為一立體的空間，河流通過這些空間時，就像是人通過山谷的概念，因此使用 **through** 這個字眼。另外，這句話也含有「即使人事已非或時代改變，河流依然川流不息」的意義。

around

的基本概念是

「環繞」「繞圈圈地」

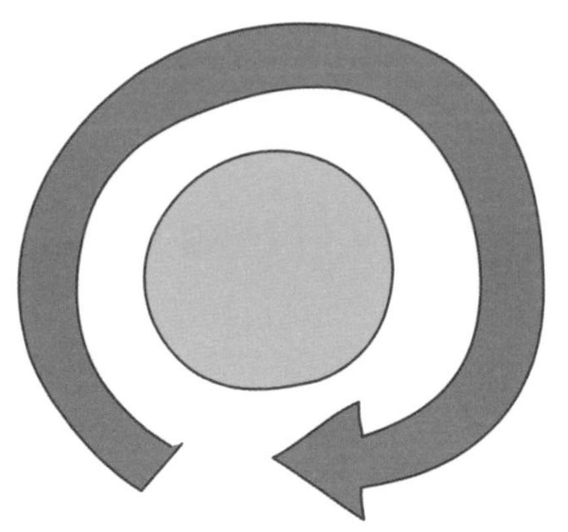

around 的基本概念是在某個東西的四周「環繞」或以繞圈圈的方式移動。有「以一個點為中心環繞」或是「繞著某個地方轉」等兩種意義。

Three boys are sitting around the fire.

三名少年圍坐**在火四周**。

● 主要表示「圍繞著」火坐著。**around** 的最基本概念，就是以某個東西為中心，並在其周圍「環繞」。

The lights are switched off around midnight.

那些燈**大約**是在午夜被關掉的。

● 主要是以「半夜」為中心，在其四周不停「繞圈圈」的概念，衍生為「在午夜附近 → 大約在午夜」的意思。

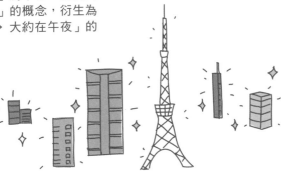

20歲左右 She must be around 20 years old.

她一定是 20 歲**左右**。

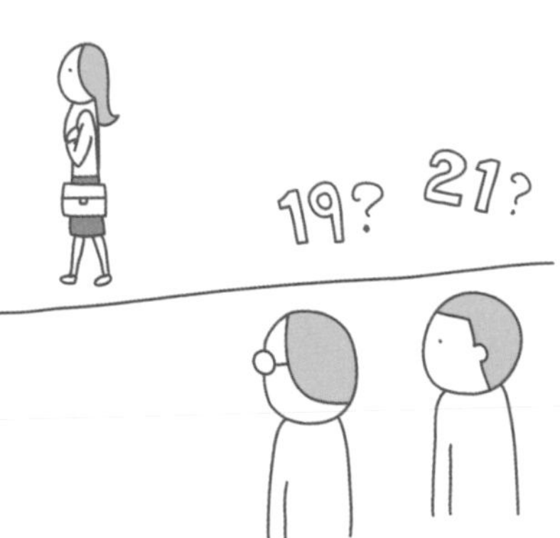

● **around** 用在數量或時間不清楚的時候，或是不想斷定時間或年齡等等的時候，是「大約」「～左右」的意思。

繞著這城市 He is showing her around Osaka.

他為她**導覽**大阪這城市。

● 這裡的 **around** 是「繞著～移動」的概念。在此表示導覽大阪這個城市的各個場所。

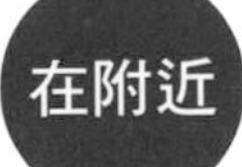

The café is just around the corner.

咖啡廳就在附近（**轉彎**過去就到了）。

● 字面上意指以街角這個轉彎處為中心，「繞」過此轉彎處之後就會看到咖啡廳的概念。**just around the corner** 有「轉過彎後馬上到」的意思，引申為「就在附近」。

around the corner 也可以使用在時間上

around 可以和表示強調功能的 **just** 一起使用，用在時間上可表示「馬上」的意思。表達季節性的問候時，可以像以下例句來使用：**Spring is just around the corner.**「馬上就要春天了」、**The Olympic games are just around the corner.**「奧運馬上就要到了」等等。

toward

的基本概念是「朝某方向」

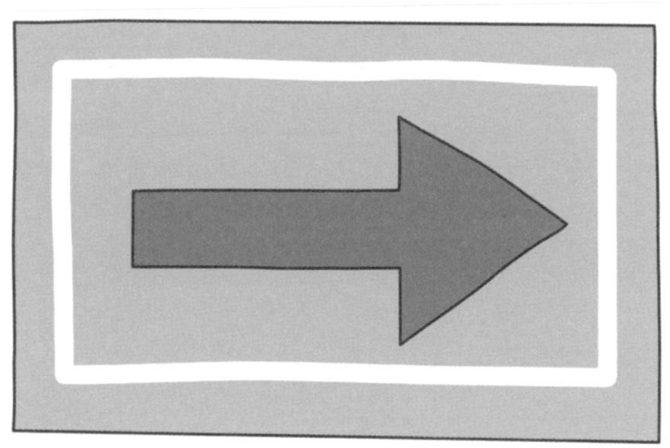

toward 的基本概念是朝向「某方向」，可表示往某「方向」前進。

The car is going toward the Brooklyn Bridge.

車子**往**布魯克林橋**的方向**前進。

● 在這裡使用 **toward** 只是單純用來表示方向，從這個句子當中，並不清楚車子的最後目的地是否為布魯克林橋，只知道是往那裡的方向。

溫斯頓．邱吉爾的 toward

擔任英國首相的溫斯頓．邱吉爾，曾說過一段內含toward（朝～）與 away（遠離）的一段話：**There are two things that are more difficult than making an after-dinner speech: climbing a wall which is leaning toward you and kissing a girl who is leaning away from you.**「有兩件事情比做晚餐後的演講還要困難。那就是，要爬朝自己方向傾斜的牆，以及親吻要遠離你的女孩」。

behind

的基本概念是「在～後面」

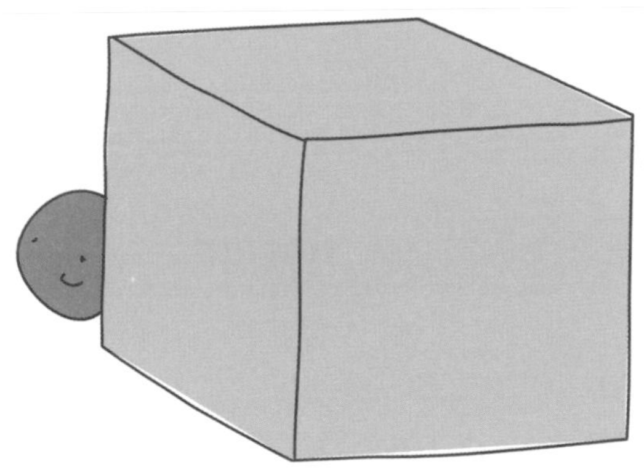

behind 的基本概念是，在某物的「後面」。使用在表示關於位置的時候。

He is working behind the counter.

他**在櫃檯的後方**工作。

● 表示在「～的後面」，是 **behind** 的最基本概念。

The Romans are three goals behind The Steels.

Romans 落後給 **Steels** 三分。

● 字面上，**Romans** 這個隊伍在 **Steels** 這個隊伍的後方，**behind** 在此引申為「落後」的意思。

His work is behind schedule.

他的工作**比預定**日程還要**落後**。

● **behind** 也表示時間上的「後面」，在此表示比預定日「落後」的意思。

All of her friends are behind her.

她的所有朋友都**支持**她。

● 這裡的 **behind**，是從「在～背後」的概念引申為「支持」的意思。

into

的基本概念是

「進入內部」

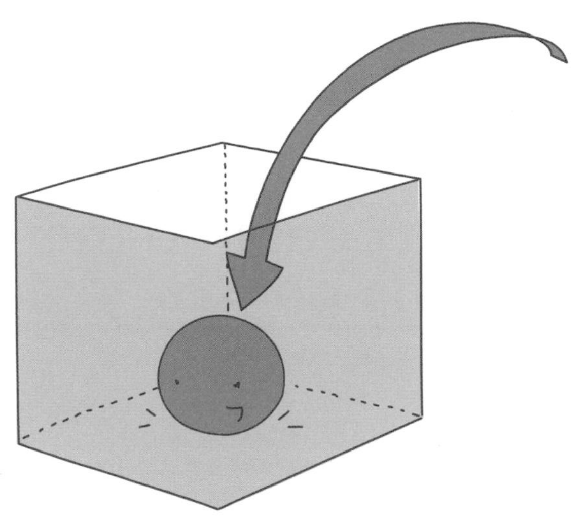

into 的基本概念是「進入（某個框架）內部」。就把 into 視為表示「裡面」的 in 以及表示「到達目的地」的 to 組合在一起的字。

She is going into the shop.

她正**進入**店**裡**。

● 這裡的 **into** 表示「進入」店家這個「框架」的「內部」。

He can't get into the pants he got last year.

他**穿**不**下**去年買的褲子。

● **get into the pants** 是「進入」褲子這個「框架」當中，也就是「穿褲子」的意思。

He is into a mobile game.

他**熱衷於**手機遊戲。

● 想像一下把手機的遊戲當作是一個「框架」，完全沉浸在其「中」，也就是熱衷於該事物的意思。**be into** 表示「熱衷於」。

He's just not that **into** you
『他其實沒那麼愛你』

這部電影於 2009 年上映，主要在陳述 9 位男女對於戀愛的看法。電影中的女性對於過去的戀情，分享了些不愉快的經驗，包括像是初次約會後對方就音訊全無，或者是同居七年的男生卻遲遲沒有結婚的打算等等。如果把電影名稱按字面直譯，就是「他只是沒那麼進入你」。電影名稱中使用的 into，其基本概念就是「完完全全沉浸到某框架裡」，引申為「喜愛」的意

She's translating English into Chinese.

她將英語翻譯**成**中文。

- 這裡的 **into** 帶有將英文「放進」中文「這個框架裡面」的概念，引申為「進入之後形成另一狀態」。

The car crashed into the wall of a building.

那輛車撞上了建築物的牆壁。

- 主要表示車子「陷入牆壁內側」的狀況。這裡的 **into** 也是「進入（某框架）內部」的概念，在表示「撞上」「撞進」的時候使用。

out of

的基本概念是

「從裡面離開」

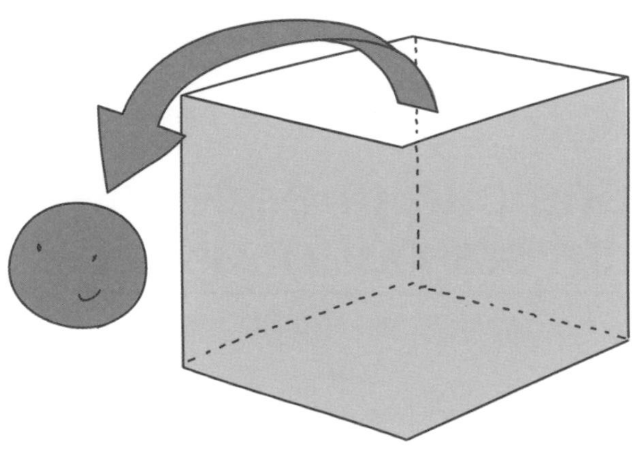

out of 的基本概念是「從某空間的裡面離開」。可表示某事物從某空間出去，或是某事物從某聚集物分離。

A dog is coming out of its doghouse.

一隻狗正**從**狗屋裡**出來**。

● 從箱子這個空間的「裡面」往外面出去，是 **out of** 的最基本概念。

She can choose three flavors out of six.

她可以**從六個**口味當中選三個。

● 請想像一下，把六種口味看作是一個集合，從這個集合「裡面」取「出」三種口味，可以理解成「這三種口味從這六種口味裡面離開」。要表示「從（某些數字）中取出某個數字」時，也是用 **out of**。

The dolphins went out of sight of the boy.

海豚**遠離**少年的視線。

● 主要表示海豚從少年的視線範圍內離開了。**out of** 也使用在表示「超越某個範圍」的時候。

Out of Sight『戰略高手』

這部電影是關於喬治克隆尼所飾演的銀行搶匪傑克，以及珍妮佛羅培茲所飾演的FBI幹員卡蓮。傑克在從監獄脫逃時，誘拐了當時在場的卡蓮，不久後兩人陷入了熱戀⋯。電影名稱中使用的 **out of sight** 雖有「在看不見的地方」「超出視野」的意思，但除此之外也有「非常棒」的意思。

The elevator is out of order.

電梯**故障**了。

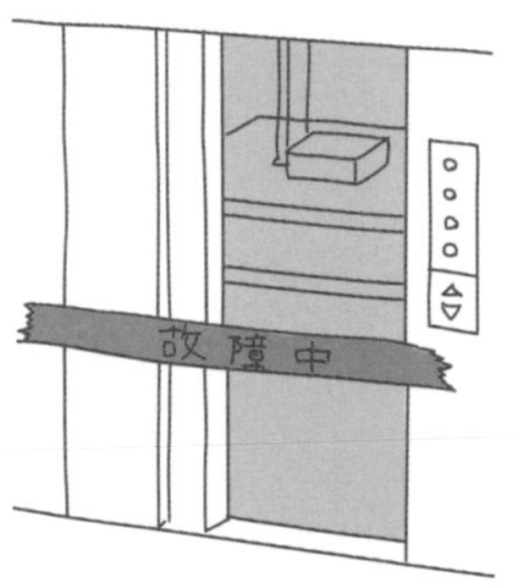

● **order** 表示「正常的狀態」。**out of order** 字面上表示「偏離」正常的狀態，從正常的狀態中「離開」，所以也就是「故障」的意思。

The latest model is out of stock.

最新的款式**沒有庫存**了。

● 把物品的「庫存」想像成是一個狀態，從這個狀態遠離（**out of**）之後，就表示沒庫存、庫存量不足的狀況。

onto

的基本概念是「到上面」

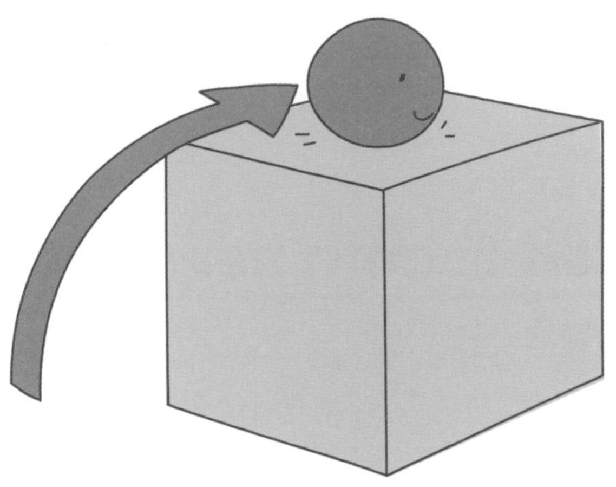

onto 的基本概念是「到達」某物的「上面」，包含了「抵達」和「在上方」某個點的意思。

He is climbing onto the roof.

他正爬**到**屋頂**上**。

● 主要是表示「正要到屋頂的上方」的意思。

察覺到
謊言

She is onto her son's lie.

她**察覺**到兒子的謊言。

● **onto** 也有「察覺到～（不好的行為）」的意思。可以想像一下，把「謊言」看作是一物體，當爬到此物體上方高處時，就能輕易「看清楚」「察覺」所有事情的真相。

的基本概念是「離開」

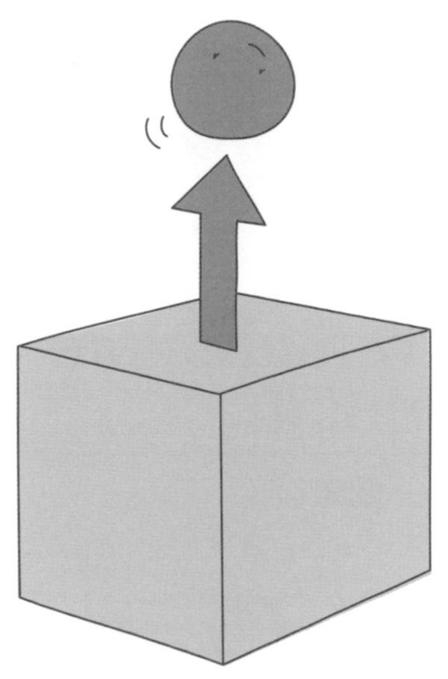

off 的基本概念是從原本接觸的物體「離開」的意思。和表示接觸意義的 **on** 是相反的意思。

A button came off the shirt.

鈕扣**從**襯衫上脫落。

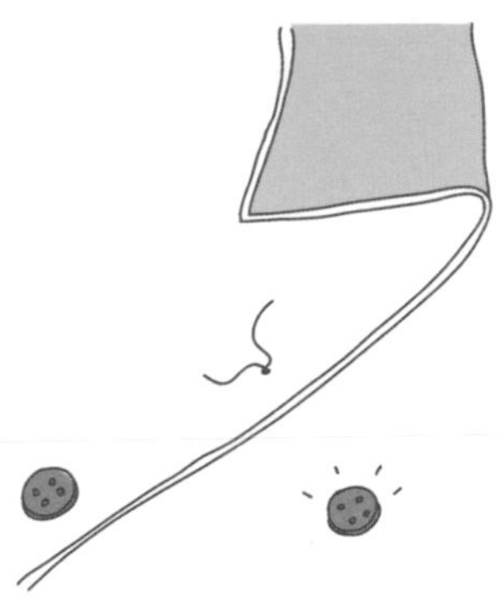

- 主要表示原本附著在襯衫上的鈕扣「脫離」了襯衫，也就是掉下來的意思。離開原本應該存在的地方時要使用 **off**。

Her remarks are off the point.

她的發言**偏離**重點。

- 主要是將話題重點比擬為一個點，原本發言應該要順著這個點的，但女子的發言卻是「偏離」重點 →即「離題」的意思。

He always gets off the bus at this stop.

他都是在這一站**下**公車。

● 從原本搭乘的公車上「離開」，也就是「下公車」的意思。像這樣表示「離開」某個場所的時候，也是使用 **off**。

The sign says, "Keep off the grass."

招牌上寫著「請勿踐踏草皮」。

● 若直譯 **Keep off the grass.** 的話，就是「離開草地」。**off** 表示從某物體、場所「遠離」。

請假

He is off work today.

他今天請假。

● 主要表示「遠離」工作的狀態，所以是「休假」的意思。在表示非值勤時間時也是使用 **off**。

從定價

He is offering to take 10% off the fixed price.

他提出定價再打九折的優惠。

● **fixed price** 是「定價」。**10% off the fixed price** 表示 **10%** 從定價中「遠離」的狀況，也就是金額會少 **10%** 的意思，即打九折。在表示折扣優惠時，要用 **off**。

She has been staying off sweets.

她正**遠離**甜食。

● **off** 有「遠離」的概念，在這裡表示遠離甜食、不吃甜食的意思。因此 **off** 也使用在不好的習慣、不健康的事物上。

Off the Wall『牆外』

這是麥可傑克森的某首歌歌名，歌詞裡面有一句 **Life ain't so bad at all if you live it off the wall**。**wall** 除了「牆壁」之外，也有「障礙」的意思。**off the wall** 表示「遠離、打破形式」。整個歌詞的意思是「只要生存在形式之外，人生也沒那麼糟」。

over

的基本概念是

「如弧形一般覆蓋～的上方」

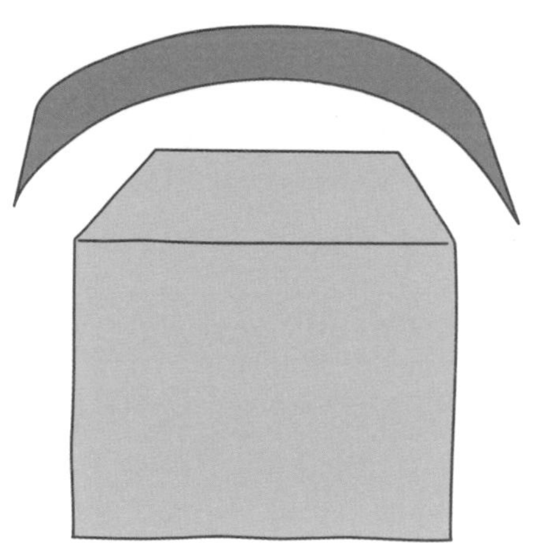

請想像一下，在某個地點或事物的上方出現一道「弧線」覆蓋著，這就是 **over** 的基本概念。除了在上方覆蓋著的概念之外，也有跨越在某場所、事物上面的意思。

There are some clouds over town.

雲朵（**覆蓋**）**在**城鎮**上方**。

● 主要表示有雲朵在城鎮街道的上方。在某個場所的「上方」，像這樣覆蓋著的狀態，就是 **over** 的基本概念。

She is putting a blanket over her daughter.

她將毯子蓋**在**女兒身**上**。

● 主要表示將毛巾蓋在女兒「身上」，就像是「覆蓋著」的概念。

He traveled all over Australia.

他**在**全澳洲旅行。

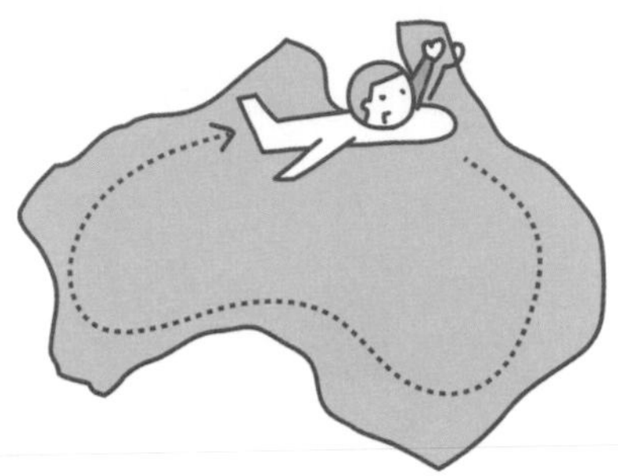

● 把「在全澳洲旅行」此活動，想像成「覆蓋在」澳洲這片土地「上」、踏遍這塊國土到處旅行。

People over 60 often come to this center.

超過60歲的人經常會來這個中心。

● 把 60 歲比擬作一個點，在這個點的「上方」有一道弧線越過。因此，這裡的 **over** 表示「超越」一個點的意思。

克服疾病

He got over his illness.

他**克服**了疾病。

● 想像一下，把疾病當作一個點，在這個點的「上方」有一道弧線越過的狀況。越過疾病這個點，也就表示「克服」的意思。此外，**over** 也有「克服」抽象事物（障礙或困難等等）等意。

Over the Rainbow『彩虹深處』

這是在1939年的音樂劇『綠野仙蹤』當中，由茱蒂·嘉蘭所演唱的名曲。以**Somewhere over the rainbow, way up high, there's a land...** 開頭的這首曲子，是在全美唱片協會所發表的「20世紀歌曲」當中、榮登冠軍的名曲。歌詞「在彩虹深處的高空當中，有一個美麗的國度」，充滿了對夢想世界的想像。

They're chatting over tea.

她們一邊喝茶一邊聊天。

● 想像一下，在茶的「上方」正在進行「聊天」這道「弧線」，兩人之間的對話在茶杯的「上方」交流著。除了 **tea** 之外，**over** 後面也可以接續 **lunch**「午餐」或 **dinner**「晚餐」，來表示喝茶、用餐的這段期間。

使用 over 的諺語

「覆水難收」這句諺語的英文就是 **Don't cry over spilt milk**。**Don't cry** 是「不要哭」，**spilt milk** 是「濺出來的牛奶」。而 **over** 的基本概念還是「覆蓋在上方」，在這句話裡面帶有「針對～（某事物）」的意思，整句話意指「不要為濺出來的牛奶哭泣了」，引申為「覆水難收」，而光是 **spilt milk** 也有「無法挽回」的意思。

under

的基本概念是「在下方、下面」「被～覆蓋」

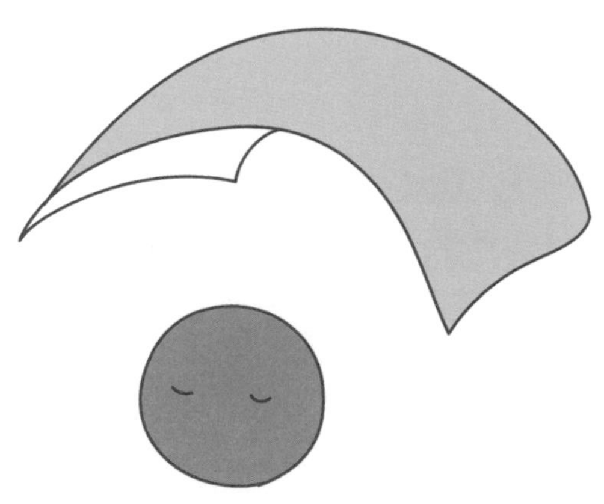

under 的基本概念，是被某事物覆蓋住、處於「下方」或是「正下方」的情況。

在桌子下方

He found his keys under the desk.

他**在**書桌**下方**找到鑰匙。

● 與**over** 相反，**under** 表示被～覆蓋、位於某事物「下方」之意。這個句子中的 **keys** 因為位在桌子「下方」、被桌子覆蓋著，所以是 **under**。

She's wearing a sweater under her jacket.

她在外套**的下面**穿著毛衣。
（她在外套裡面穿了件毛衣）

● 不只是在桌子的「下方」，要表示有接觸到物體的「下面」「內側」等被覆蓋時，也是使用 **under**。

Those under 20 can't buy cigarettes.

未滿 20 歲的人不能買香菸。

● **under** 不只表示場所、物品的「下方」「下面」，表示某數或量的「下方」時也會使用。關於年齡則有「未滿」的意思。

He is doing his research under a strict professor.

他**在**嚴格教授的指導**之下**進行研究。

● **under** 也使用在人或事物的支配、監督、影響之「（基礎）下」，進行某些事。

A new gym is under construction.

新的體育館工程**正在進行中**。

● **under** 也有「在～（某個活動的）底下、基礎之下」之意。在 **construction**「建築工程」之下，可以理解為「工程進行中」。

Under the Skin
『肌膚之親』（皮囊之下）

這是 **2014** 年上映的電影。標題主要在說由史嘉莉‧喬韓森所飾演的謎樣美女的真面目。按照字面上的意思，就是「在皮膚的下方」。在街道中搭訕、勾引男性、在發生親密行為之後再把此男性丟進沼澤裡，這樣的謎樣美女，真面目其實是外星人。有一次她差點被強暴，在和男子拉扯之間她的皮膚破裂，底下的身體竟是黑色的外星人。**under the skin** 也有「掀開面紗之後」「其實是～」的意思，而這部電影則描繪出人們平時所隱藏的慾望及孤獨感。

Three candidates are under consideration.

正在考慮三名應徵者**中**。

和上一頁的 **under construction** 一樣，這裡的 **under** 表示「基於～（某個活動的）基礎之下」。**consideration** 是「考慮」的意思。

Under the Sea
「在海底」

這是迪士尼電影「小美人魚」的主題曲，**under the sea** 是「在海裡」「在水面下」的意思。憧憬陸地世界的女主角愛麗兒，以及身為大臣的賽巴斯汀，朝氣蓬勃地跟著旋律唱著：聽我說的準沒錯，待在比較濕潤的海底下，是最好的了。在岸上，人們非得在烈日底下，如奴隸般辛勤工作不可了，而我們卻能盡情地暢遊海底。

above

的基本概念是「在～的上方」
「高於某基準點」

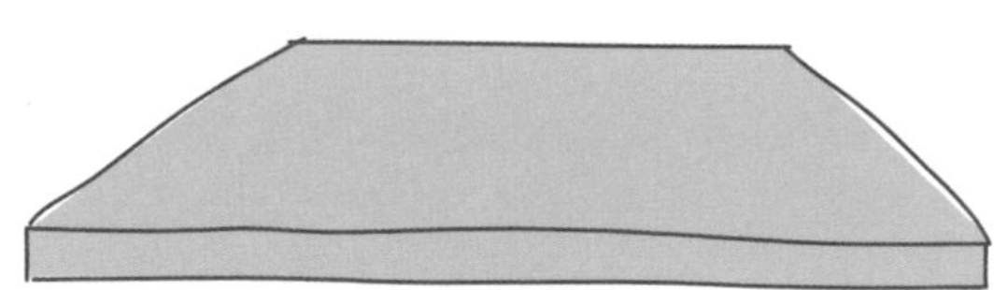

above 的基本概念是，位在比某個基準點「更高」的位置。

The art school is above the bakery.

那間美術教室**在**烘焙坊的樓上（**上方**）。

● **above** 表示位於某物體上方、某基準點上方的位置，只要比基準點還要高，不一定要在正上方。

All his scores are above average.

他的分數都**在**平均**以上**。

● **above** 也使用在表示數值、數量以及程度等基準點的「上方」。**above average** 表示比「平均」這個基準還要「高」。

He's competent and above all, he's good-looking.

他很優秀，而且**更重要的是**，他很帥。

● 位於比 **all**「一切事物」還要 **above**「上方」的位置，也就表示「比任何事物還要高、還要重要」的意思。

西格蒙德‧佛洛伊德的 **above**

關於心靈，著名的精神分析學家佛洛伊德留下了這番話：**The mind is like an iceberg, it floats with one-seventh of its bulk above water.**「心靈就像是冰山一樣。冰山體積的七分之一是浮出於水面的」。**above** 的相反詞是 **below**，佛洛伊德並提到 **below water**「水面下」是無意識層。

below

的基本概念是

「在某物體的下方」

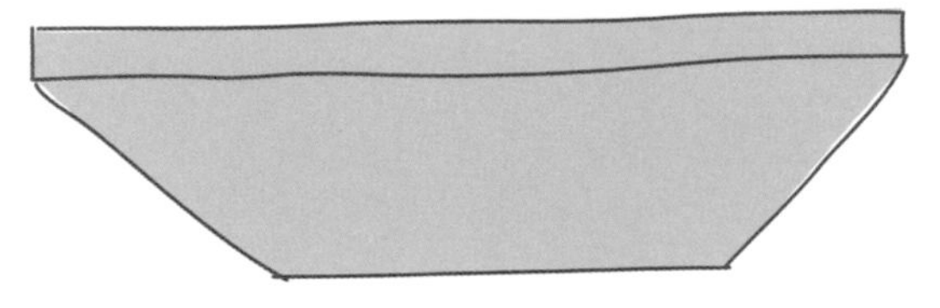

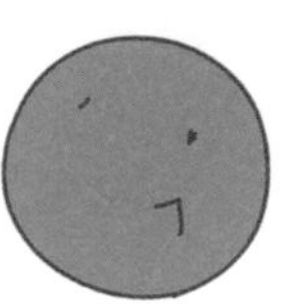

below 的基本概念是位在比某個基準點「還要下方」的位置。是 **above** 的相反詞。

Her apartment is below the dance school.

她的公寓位**在**跳舞教室**的下方**。

● **below** 使用在表示比某物體的位置還要低的情況下。這個句子表示，她的公寓位在比跳舞教室此樓層這個基準點還要「下方」的位置。

The temperature dropped below zero.

氣溫降至零度**之下**。

● 對於可用測量器測出氣溫或高度等的數值，在表示比某基準點（如零度C）「下方」的情況時也是使用 **below**。

beyond

的基本概念是「越過～」

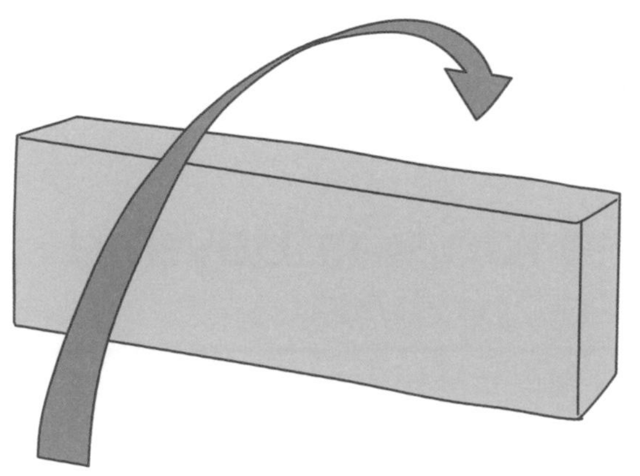

beyond 的基本概念是「越過某範圍或界線，並前往另一頭」。

Her house is beyond these mountains.

她家位在這幾座山的另一頭。

● 用在場所或位置，在表示從現在的位置「要越過～（某些事物）到遙遠的另一頭」的時候，要用 **beyond**。

His room is beyond description.

他的房間無法用言語來表達。

● **beyond** 也使用在表示超越「言語表達」這個範圍或界線的時候。**description** 是「形容，描述」，超越以言語來形容的領域，也就是無法用文字表達的意思。

against

的基本概念是

「對抗」「制衡」

against 的基本概念是兩股力量或壓力從正面向「彼此制衡」的狀況。這裡可以衍生出「相反」「對立」的概念。

逆流

She is trying to swim against the current.

她努力**逆**著水流方向游。

● 很明顯此位女子正抵抗著水流在游，所以使用了 **against**。**current** 是「水流」的意思。

The child always goes against his mother's instructions.

那個小孩老是違抗他媽媽的指令。

● 不只是東西，在「抵制」「反對」人的意見或命令時，也使用 **against**。

within

的基本概念是「在範圍內」

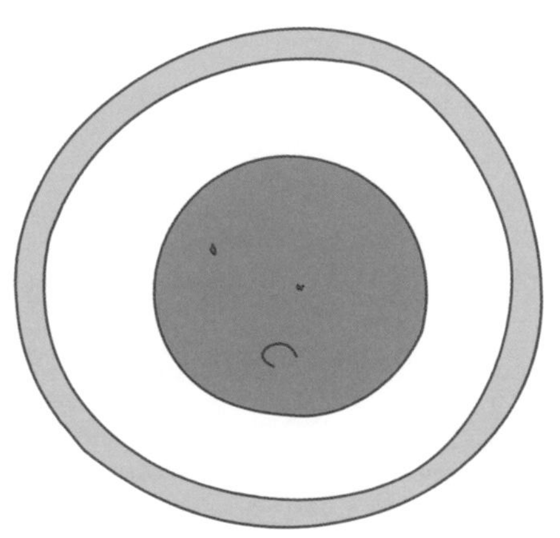

within 的基本概念是「在～範圍內」，想像一下有條表示某個範圍的邊線，不超過這個邊線的內側範圍，就是 **within** 所表示的概念。

There are three spas within two kilometers from the station.

離車站 2 公里**內**有三個溫泉設施。

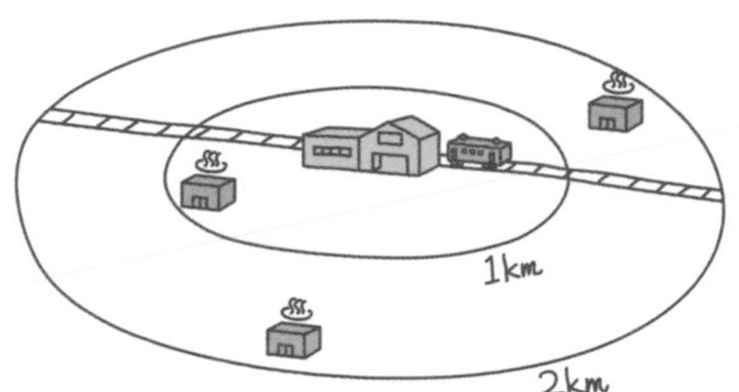

● 想像一下，距離車站 2 公里的這個範圍，有條圍繞著此範圍的邊線，**within** 所表示的就是在此範圍的「內側」。

He fell asleep within 10 minutes after getting into bed.

他上床之後十分鐘**以內**就睡著了。

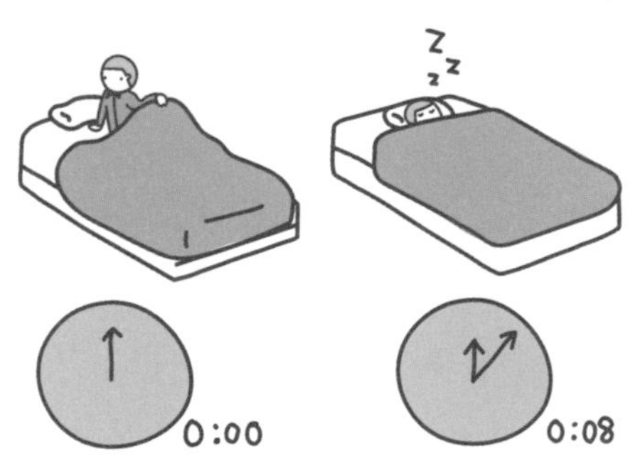

● **within** 也使用在表示時間範圍「以內」的情況。如果上床之後沒有超過 10 分鐘的話，可以用 **within 10 minutes** 來表示。

without

的基本概念是「不伴隨」

without 的基本概念是「不伴隨」。在表示「伴隨」的 **with** 後面，再加上具有「外面」「遠離」意義的 **out**，就表示和 **with** 相反的意思。

不加牛奶

He likes coffee without milk.

他喜歡**不加**牛奶的咖啡。

● 若喜歡有加牛奶的咖啡，就是 **with milk**，若是不加牛奶的，則是使用 **without**。

沒有說

She passed her coworkers without saying good morning.

她**沒**說早安就從同事面前經過。

● **without** 意指「不伴隨」，**saying** 意指「說」，**without saying** 就是「沒有說」的意思。**without -ing** 用來表示不伴隨某個動作的情況。

between

的基本概念是「在兩者之間」

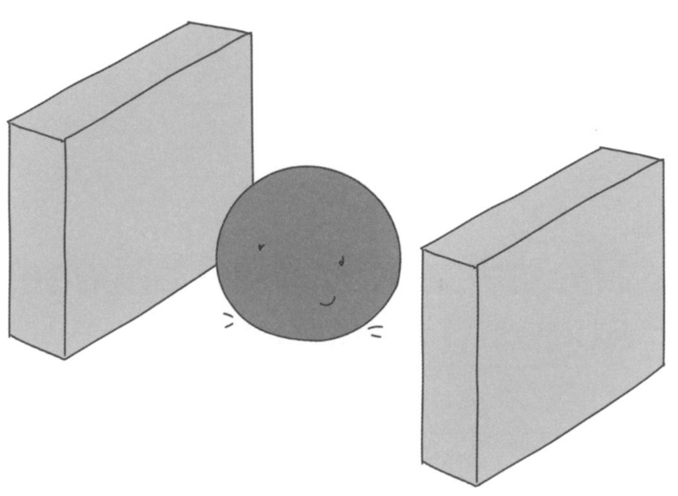

between 的基本概念是處於兩個東西或兩個人「之間」的狀態。

A boy is sitting between two beautiful women.

一位男孩坐**在**兩名漂亮的女性**之間**。

● **between** 表示位於某個人／東西與某個人／東西的「中間」。

The office is closed between August 11 and 15.

公司於 8 月 11 日至 15 日**之間**停止營業。
（公司從 8 月 11 日到 15 日停止上班。）

● **between** 不只用於場所，也用於表示在某個時間與時間「之間」的情況。除了 **between**，用 **from August 11 to 15** 也可以表示「從 8 月 11 日到 15 日」。

She likes the color between blue and green the best.

她最喜歡藍色與綠色**之間**的中間色。

● 不只是用於場所或時間的「之間」，在表示兩者之間的程度時也可以使用 **between**。

She has to choose between a career and marriage.

她必須要在工作與婚姻**之間**做選擇。

● 提出兩樣東西、並要在它們兩者「之間」做選擇時，也是使用 **between**。

among

的基本概念是

「被多數包圍」

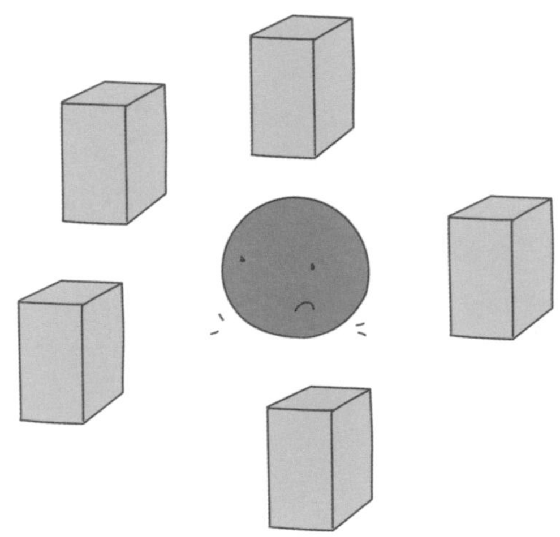

among 的基本概念是被多數的東西或人「包圍住」的狀態。所謂的多數，以具體的數字來表示的話，也就是被 **3** 者以上的人或事物包圍。

She is working among foreigners.

她在外國人**之間**工作。

● 在沒有明確意識到特定一個一個的人事物，而是被許多人或東西「包圍住」的狀況下，就會使用 **among**。從這個句子中的 **among foreigners** 可以判斷，是介於至少三名外國人之間。

Paris is among the most popular tourist spots in the world.

巴黎是世界上最受歡迎的觀光景點之一。

● 除了巴黎之外，還有像是羅馬或紐約等著名觀光景點，被這些著名景點包圍，表示巴黎自己也是其中一個著名景點，同樣具有其存在感與價值，因而使用 **among**。

They discussed, among other things, the relocation.

他們談論了關於搬遷等等的事情。

●**other things** 是「其他東西、事情」的意思，而 **among other things** 是指談論的議題 **the relocation** 被其他議題圍繞，想像一下，一個議題被其他幾個議題「圍繞」，也就表示它是其中一個議題，換言之，也就是還有很多議題的意思。

路易斯・卡羅的 among

路易斯・卡羅是『愛麗絲夢遊仙境』的作者。在那部作品中，愛麗絲和柴郡貓相遇的那個場面有這樣的一個環節。**"I don't want to go among mad people," said Alice. "Oh, you can't help that," said the cat. "We're all mad here."**。愛麗絲說：「我才不想去有瘋子在的地方呢」。貓咪說：「辦不到喔。因為在這裡大家都是瘋子」。從 **among mad people** 這一句可以想像，愛麗絲當時的周遭盡是一些瘋子的情景。

區分相似介系詞的使用方式！

在第 1 章中，已經解說過每個介系詞的基本概念與使用方法。在第 2 章當中，我們舉出在說、寫英文時、最容易讓我們困惑的介系詞，藉由兩個兩個交叉比對，來釐清到底該用哪個介系詞。閱讀第 2 章時，也請一邊回想第 1 章的基本概念，更能區分這些介系詞的差異。

表示 時間 的介系詞

at 和 on

Q. 放入（　）的是 at 還是 on？

①
I'd like a train ticket that leaves here ( ) 10:20 a.m.
我想要早上 10 點 20 分從這裡出發的火車票。
②
I'd like a train ticket for Taipei ( ) July 21.
7
我想要 7 月 21 日出發前往台北的火車票。

① 因為是時間點的「一個點」，所以介系詞用 at

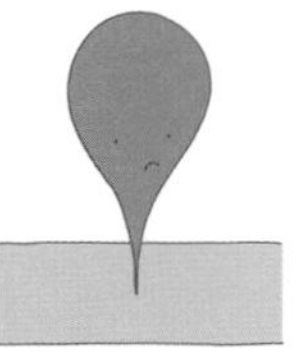

I'd like a train ticket that leaves here at 10:20 a.m.

我想要早上 10 點 20 分從這裡出發的火車票。

at 和 on 都是表示時間的介系詞，但當要表達像是「在 10 點 20 分」「在 11 點」等的「一個時間點」時，要使用 at。除了時刻之外，night「夜晚」、dawn「黎明」也是使用 at。

I often have hot milk at night.

我常在晚上喝熱牛奶。

② 因為是一整天這個廣泛的時間帶，所以要用 on

I'd like a train ticket for Taipei on July 21.

我想要 7 月 21 日出發前往台北的火車票。

on 是使用在表示比 at 還要廣泛的「時間」時。相對於時刻是表示「一個點」，7 月 21 日這一天則具有 24 小時這樣的時間範圍。所以我們可以這樣理解，「有範圍的時間」＝「特定的日子」或「星期中的一天」，介系詞使用 on。

My job interview will be on Wednesday next week.

我的面試是在下週三。

表示時間的介系詞 in 和 on

Q. 放入（　）裡的是 in 還是 on？

①

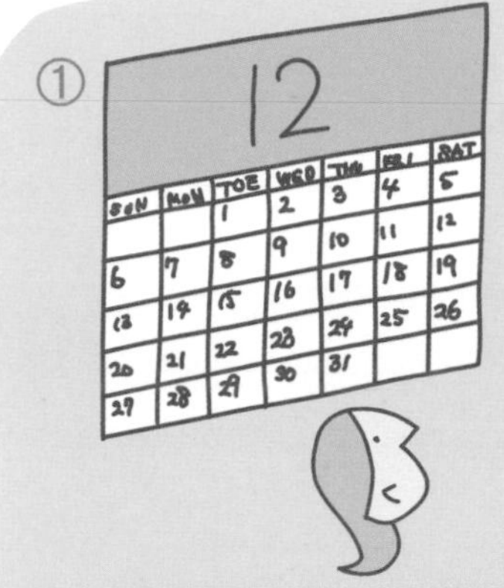

Let's have a party ( )
December.

12 月份我們來辦一場派對吧。

②

Let's have a party ( )
your birthday.

在你的生日當天我們來辦一場派對吧。

① 因為是在 12 月這「框架中」發生，所以用 in

Let's have a party in December.
12月份我們來辦一場派對吧。

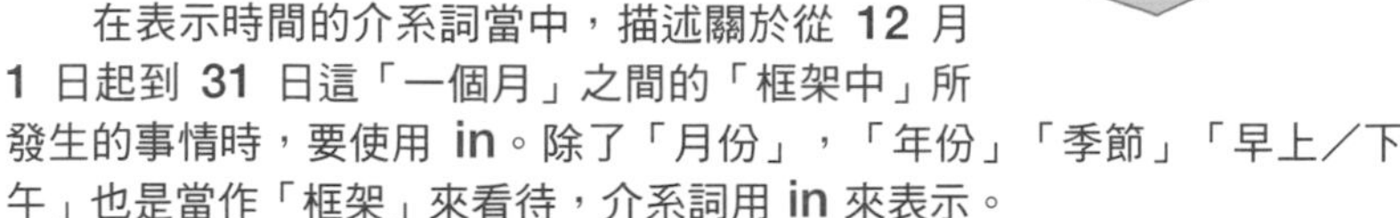
在表示時間的介系詞當中，描述關於從 12 月 1 日起到 31 日這「一個月」之間的「框架中」所發生的事情時，要使用 in。除了「月份」，「年份」「季節」「早上／下午」也是當作「框架」來看待，介系詞用 in 來表示。

A lot of people go to the beach in summer.
夏天有很多人都會去海灘。

② 因為是「敲定」「附著在」某特定日子，所以是用 on

Let's have a party on your birthday.
在你的生日當天我們來辦一場派對吧。

在 ① 的句子中，辦派對的日子只要從「12 月」這個框架當中挑選任何一天來辦就可以了，所以要用 in。可是，② 的「生日」是指某個「特定的日子」。像這樣不具框架概念，而是指特定的一天時，要用 on。

We customarily eat buckwheat noodles on New Year's Eve.
除夕當天我們都習慣吃蕎麥麵。

表示時間的介系詞 at/on/in 的區分方式

將時間比擬為「一個點」時，要使用 at；將時間以「附著在」「敲定」某特定範圍的概念來比擬，要使用 on；將時間以「框架」概念來比擬時，要使用 in。這些介系詞，視後面出現的不同「時間」概念來區分。以下，我們依介系詞來整理區分。

at　「把流動中的時間視為一個點」 **at** 表示把「時刻」或流動中的時間比擬為「一個點」。	
at 6:00	在六點
at noon	在中午
at midnight	在半夜12點
at dawn	在黎明時
at sunrise	在日出時
at sunset	在日落時
at night	在夜晚時
at lunchtime	在午餐時
at Christmas	在耶誕節時

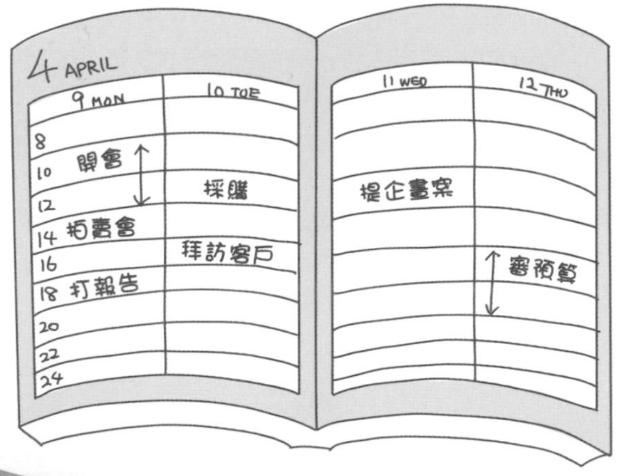

on　「附著在特定的時間範圍上」 on 使用在「特定的日子」。此一特定的日子就像是一個面，on 的概念就是把當天發生的事情附著在此特定日子上。	
on April 5	在 4 月 5 日（特定日期）
on the 20th	在 20 日（特定日期）
on Monday	在週一（特定星期）
on Sunday morning	在週日早上（特定星期）
on Christmas Eve	在耶誕夜當天
on my birthday	在我的生日當天
on the third anniversary	在三週年紀念當天

in　「把時間視為一個框架」 in 使用在像是「早上／下午」等框架，或「月」「季節」「年」等某個廣泛範圍的「時間框架中」。	
in the morning	在早上（時段）
in the afternoon	在下午（時段）
in the evening	在傍晚／晚上（時段）
in April	在四月（月份）
in spring	在春天（季節）
in 2015	在 2015 年（年份）
in the 1990s	在 1990 年代
in the 20th century	在 20 世紀

表示 **時間** 的介系詞

in 和 after

Q. 放到（　　）內的是 in 還是 after？

①
Can you come back
(　) two?
你可以在兩點以後回來嗎？
②
+2hours
Can you come back
(　) two hours?
你可以在兩個小時以後回來嗎？

①「在某個特定時間點之後」是用 after

Can you come back after two?

你可以在兩點以後回來嗎？

在①當中，two 表示「2 點」這個時刻，主要是表達希望對方能在那個時間點之後回來。介系詞 after 的基本概念是「跟隨在後面」，這裡主要是把時刻或日期，或是用餐時刻 dinner「晚餐」、節日Christmas「耶誕節」等的時間視為一個點，並表達在那之後要做的動作。

How about a cup of coffee after lunch?
在午餐之後喝杯咖啡怎麼樣？

②把某段時間長度視為一個「框架」要用 in

Can you come back in two hours?

你可以在兩個小時以後回來嗎？

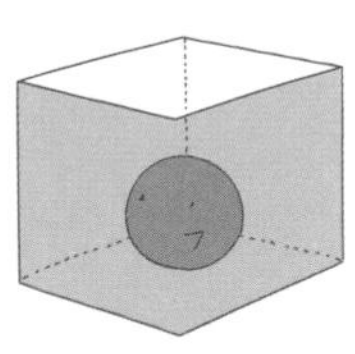

在②當中，主要是傳達希望對方能從現在開始經過某某「時間框架」後再返回。把時間視為「框架」時要用 in 來表示，不管是短短的 1 分鐘之後，還是漫長的 100 年之後，都可以看作是一個「框架」。

I'll call you back in ten minutes.
十分鐘之後我再回你電話。

表示時間的介系詞
in 和 within

Q. 放入（　）裡的是 **in** 還是 **within**？

①

2小時
吃到飽
12:00
開始
AM
11:10
Don't worry. We'll get there ( ) an hour.

別擔心，一小時之內就會到那裡了。

②

2小時
吃到飽
開始
AM
11:10
We'll be late. We'll get there ( ) an hour.

我們會遲到。我們一小時之後才會到那裡。

① 控制在一小時這個「範圍內」，所以用 within

We'll get there within an hour.

我們一小時之內就會到那裡了。

在 ① 當中，男生提到可以趕在開始吃飯的 12 點之前到。within 表示控制在範圍之內，兩人可能在 11 點 30 分到，也有可能在 40 分或 50 分到，因此從男生的「別擔心」這句話當中，可以知道兩人可以在 12 點以前到。

Your order will be served within 10 minutes.
你所點的餐點將在 10 分鐘內送來。

② 在一小時這個「框架」之後才到，要用 in

We'll get there in an hour.

我們一小時之後才會到那裡。

in 是把時間視為「框架」的介系詞，主要用來表達時間長度，在此時間長度之後會進行的未來事件。兩個人抵達的時間是在一小時這個「框架」之後，也就是 12 點 10 分之後才會到的意思，因此女性知道趕不到開始吃飯的時間而驚訝。

Let's meet here in two hours.
我們兩個小時之後在這裡集合。

表示時間的介系詞

to 和 through

Q. 放入（　）的是 **to** 還是 **through**？

①

This restaurant is closed from July (　) September.

這間餐廳從七月到九月暫停營業。

②

Restaurant
整修中
7/1～9/30

This restaurant is closed from July (　) September.

這間餐廳從七月到九月的最後一天都暫停營業。

① 將 9 月視為「抵達的目的地」，所以用 to

This restaurant is closed from July to September.
這間餐廳從七月**到**九月暫停營業。

to 表示朝向某個「到達的點」。暫停營業從七月開始，到九月結束，所以九月是暫停營業的「終點」，但暫停營業的時間是暫停到 9 月 1 日、15 日還是 30 日，在 from~to~ 的句型中並不明確。

It rained from Monday to Wednesday.
雨會從週一下到週三。

從這句中，無法確定這場雨會下到週三早上、下午還是當天晚上。

② 表達「穿過」9 月這整個月要用 through

This restaurant is closed from July through September.
這間餐廳從七月**到**九月的**最後一天**都暫停營業。

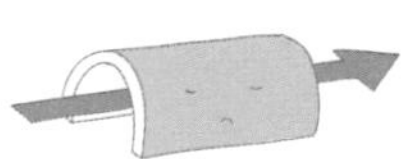

從 ② 句中的 through September，男生清楚表示，餐廳到九月的最後一天都是暫停營業的。因為是使用 through，而非 to，through 的基本概念是「穿越」，可以把 through September 想像成「進入九月這個隧道，並穿越過去」的概念，因此是到九月的最後一天。

I lived in New York from 2009 through 2012.
我從 2009 年到 2012 年（最後一天）都住在紐約。

表示期間的介系詞 for 和 during

Q. 放入（　　）的是 **for** 還是 **during**？

①
大學時期
I studied hard ( ) my college years.
我在大學時期很用功。
②
一年級、二年級
I studied hard ( ) two years.
我用功了兩年。

① 表示「特定的期間」是用 during

I studied hard during my college years.
我在大學**時期**很用功。

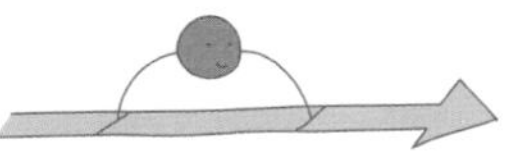

「在大學時期」和「兩年」都與「期間」有關。請注意，若要指名「在特定某某時期中」進行某事時，要使用 during（在～期間）。

I worked part-time at a café during my summer vacation.
暑假的時候我在咖啡廳打過工。

② 以「數字」來表示時間範圍時，要用 for

I studied hard for two years.
我用功了兩年。

像這樣用「數字」來表示「時間上的範圍」、並說明在該期間進行某事情時，要用 for，正如 for 的基本概念「朝著～方向」，用在時間表示「朝著～（天／年）的時間長度」。從這句可以知道的線索是，「兩年來」都很用功，但到底是大學的兩年還是高中的兩年，從這句話就不得而知了。

I dated Michel for three months.
我和 Michel 交往了三個月。

表示 期限/繼續 的介系詞

by 和 until

Q. 放入（　　）的是 **by** 還是 **until**？

①

I have to be at the office ( ) 8:00 tomorrow.

我明天八點以前一定要在（到）辦公室。

②

I have to be at the office ( ) 8:00 today.

我今天（直到）八點以前必須一直待在辦公室。

① 在某個「期限」之前結束某動作時，要用 by

I have to be at the office by 8:00 tomorrow.

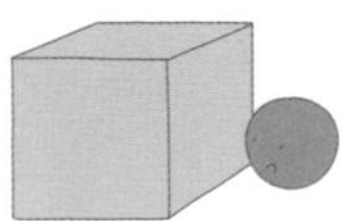

我明天八點**以前**一定要在辦公室。

by 的基本概念是「在～附近」。句子 ① 主要在表示，「到公司」這個動作得「在明天八點之前」結束，若將八點比擬為「一個點」「一個期限的點」，**by 8:00** 表示「靠近」這個點、這個期限，並將動作結束。

I'd like to have my dress cleaned by tomorrow evening.
我希望明天傍晚前我的洋裝可以洗好。

② 處於一直「持續」的狀態時，則要使用 until

I have to be at the office until 8:00 today.

我今天（**直到**）八點**以前**必須一直待在辦公室。

從 ② 的 **until** 可判斷，說話者（男生）現在人已經在公司了，並一直持續待到八點之前。像這樣表示持續的狀態或動作直到結束點，要用 **until**。

Our store is open until 9 p.m. every Friday.
本店每週五都（持續）營業到晚上九點。

> **until** 基本概念是「在…之前持續」，主要用來表示持續的狀態或動作，直到某時機點結束。

表示 起點 的介系詞 from 和 since

Q. 放入（　　）的是 from 還是 since？

①
I'll have lunch with my mother ( ) now.
我接下來要和我媽吃午餐。
②
I have been with my mother ( ) 12:00.
我從 12 點開始就一直和我媽在一起。

① 起點為「現在」，從此起點出發要用 from

I'll have lunch with my mother from now.

我接下來（從現在開始）要和我媽吃午餐。

from 的基本概念是「從起點出發」，而起點是「現在」，所以句子 ① 是從「現在」這個出發點開始進行「和媽媽一起吃午餐」這個動作。此外，from 的起點，可以用在過去、現在、未來的任何句型上。

The meeting was from 9:00 to 12:00.
會議是從 9 點到 12 點。

② 起點從「過去」持續到現在，要用 since

I have been with my mother since 12:00.

我從 12 點開始就一直和我媽在一起。

在中文裡，第 ① 和第 ② 句都表示「從」，但起點如果是在過去，並從那裡持續到現在的狀態或動作，要用 since。since 一般是使用在現在完成式的句型。

I have had a headache since yesterday.
我從昨天就一直頭痛到現在。

since 基本概念是「從過去持續到現在」，主要是要表示，從過去的某個起點出發而使用。

第2章 區分相似介系詞的使用方式！

表示場所/位置的介系詞

at和on

Q. 放入（　）的是 at 還是 on？

①
Restaurant
CLOSED
There's a notice (　) the door.
門上有張告示。
②
Restaurant
CLOSED
There's a notice (　) the door.
門那邊有告示。

①「放在」「附著在」平面上，要用 on

There's a notice on the door.

門上有張告示。

男生正指著貼在門上的告示。在 ① 當中，這個告示是附著在門的平面上。像這樣與平面有所接觸的情況，要用 on。就算不是在桌面上，而是在門窗上或牆壁上等垂直面有所接觸的情況，也是使用 on。

There's a fly on the ceiling.
有一隻蒼蠅停在天花板上。

② 因為是在「場所的一個點」，所以要用 at

There's a notice at the door.

門那邊有告示。

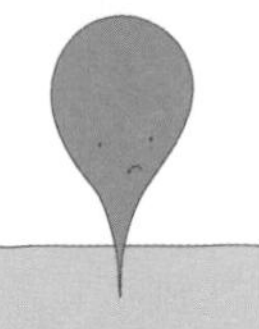

在 ② 當中，告示是放在門那一帶的位置，由於是要表示門這個「場所」「位置」，被視為一個點，因此要用 at。

I'll wait for you at the bus stop.
我在公車站牌這個地方等你。

在上面這個句子中，如果改用 on the stop，就表示停留在公車站牌上、依附在公車站牌上的意思。

表示 場所／位置 的介系詞

at 和 in

Q. 放入（　）的是 at 還是 in？

①

我在 M&C 店這邊。

②

我在 M&C 店裡面。

① 因為是把「場所」視為「一個點」，所以用 at

I’m at the M&C Store.

我在 **M&C** 店這邊。

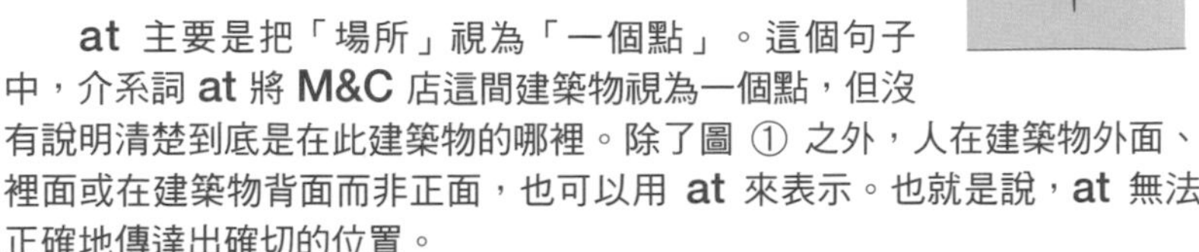

at 主要是把「場所」視為「一個點」。這個句子中，介系詞 **at** 將 **M&C** 店這間建築物視為一個點，但沒有說明清楚到底是在此建築物的哪裡。除了圖 ① 之外，人在建築物外面、裡面或在建築物背面而非正面，也可以用 **at** 來表示。也就是說，**at** 無法正確地傳達出確切的位置。

He was waiting for me at the station for a long time.
他在車站等我等很久了。

在這個句子裡，他到底是在車站的哪裡，我們並不清楚。

② 因為是處於被包圍的「框架」裡面，所以要用 in

I’m in the M&C Store.

我在 **M&C** 店裡面。

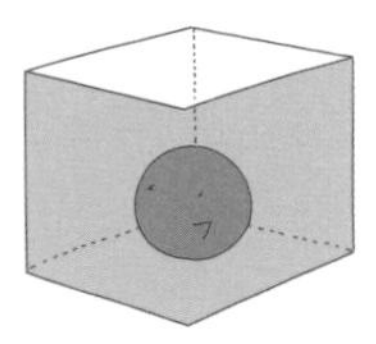

為了要明確傳達所在位置是在建築物這個「框架」裡面，介系詞要用 **in**。從這句中可以知道女子不是在店外而是在店內。

I came across my high school classmate at a seminar in Taipei.
我在台北的研討會上巧遇了我高中同學。

想像一下，人是被台北這個城市「框架」包圍的，而「研討會」只是一個場合、地點。

表示場所／位置的介系詞（1）

in 和 on

Q. 放入（　　）的是 in 還是 on？

①
Look at yourself ( ) the mirror.
照鏡子看看自己吧。
②
Look. There's a stain ( ) the mirror.
你看，沾到鏡子上面去了。

① 因為是在鏡子這個「框架」裡，所以用 in

Look at yourself in the mirror.

照鏡子看看自己吧。

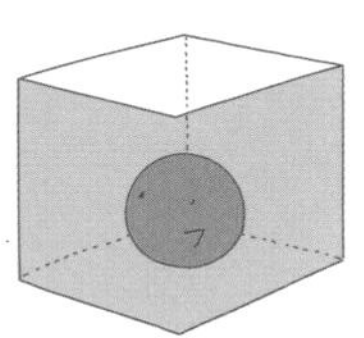

把映入鏡子裡所看到的事物，當作是在「框架」裡面吧。表達鏡子裡的人或東西，要用 **in the mirror** 這個片語。

I'm going to an island in the Pacific next month.
下個月我要去太平洋上的島嶼。

因為島嶼並非漂浮在海面上，而是位在海中，所以使用 **in**。若是 **on the Pacific** 的話，就是在海面上浮浮沉沉的意思。

② 因為是「附著在」鏡子表面上，所以使用 on

Look. There's a stain on the mirror.

你看，（污點）沾到鏡子上面去了。

在 ② 中討論到的是 **stain**「污點」附著在鏡子的表面上，因為是附著在表面上，所以是使用 **on**。

There are some boats on the lake.
有幾艘小船浮在湖面上。

若是 **in the lake** 的話，就是小船沉到湖裡的意思。

表示 場所/位置 的介系詞（2）

in 和 on

Q. 放入（　　）的是 in 還是 on？

①
Let's get ( ) the train.
我們搭火車吧。
②
Let's get ( ) the car.
我們上車吧。

① 因為是踏、站在火車「地板上」，所以要用 on

Let's get on the train.
我們搭火車吧。

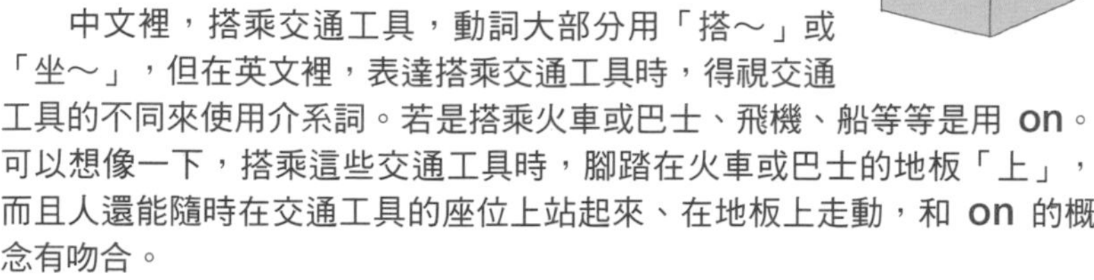

中文裡，搭乘交通工具，動詞大部分用「搭～」或「坐～」，但在英文裡，表達搭乘交通工具時，得視交通工具的不同來使用介系詞。若是搭乘火車或巴士、飛機、船等等是用 on。可以想像一下，搭乘這些交通工具時，腳踏在火車或巴士的地板「上」，而且人還能隨時在交通工具的座位上站起來、在地板上走動，和 on 的概念有吻合。

We got on the plane at Portland but missed our connecting flight at Los Angeles.
我們雖在波特蘭搭飛機，但在洛杉磯卻沒搭上轉機的飛機。

② 坐在狹隘空間的汽車「框架」裡，要用 in

Let's get in the car.
我們上車吧。

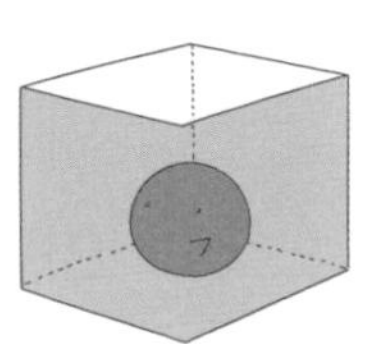

進入汽車的內部，給人一種像是被狹窄空間包圍的感覺。搭乘休旅車、計程車等等時，也是用 in 來表示。除了 in，有時也會使用 into。

Can five people get in one taxi?
一台計程車坐得下五個人嗎？

表示 場所/位置 的介系詞

by 和 beside

Q. 放入（　）的是 **by** 還是 **beside**？

①
The child is walking
( ) his mother.
②
The child is walking
( ) his mother.

小孩正走在母親的附近。

小孩正走在母親旁邊。

① 不管前後左右，只要在「附近」都用 by

The child is walking by his mother.
小孩正走在母親的附近。

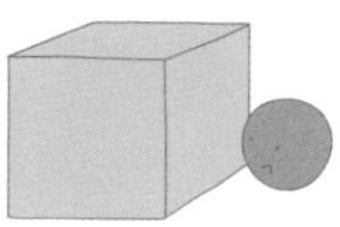

by 用來表示「附近」，不只是在左右，也表示在前後的位置。在 ① 當中，小男生是在媽媽的前面或附近，但並非在其左右邊，因此是用 by。

Watch out! There's a glass by your elbow.
小心！你手肘那邊有塊玻璃。

② 左右的「旁邊」是用 beside

The child is walking beside his mother.
小孩正走在母親旁邊。

在表示「旁邊」的介系詞當中，除了 by，還包括 beside 或 near。其中，表示距離最近的「旁邊」是用 beside。從 side「側邊」也可以推測，主要用來表示是在左右兩側的旁邊。near 用來表示比 by 或 beside 還要遠的「附近」。

Come and sit beside me.
來坐在我身邊吧。

> **beside** 基本概念是「在旁邊」，主要是表示左右並列、在左右兩側的狀態。

表示 場所／位置 的介系詞

on 和 onto

Q. 放入（　　）的是 **on** 還是 **onto**？

① 一直在沙發「平面上」的狀態，要用 on

Don't jump on the sofa.

不要在沙發上跳來跳去。

on 的基本概念是「附著在上面」。在這裡是和 jump「跳躍」這個動詞一起使用，表示在沙發上跳這個動作。

He is taking a nap on the carpet.
他正在地毯上打盹。

② 表達「到達」沙發上這個動作，要使用 onto

Don't jump onto the sofa.

不要跳到沙發上去。

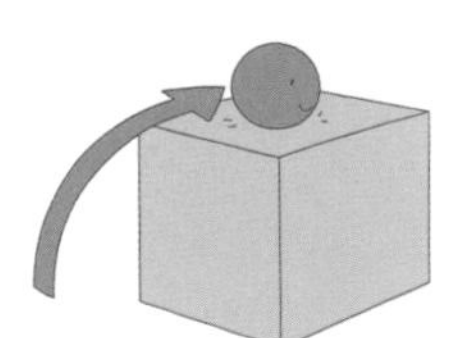

on 和 onto 的差異，在於 onto 包含了「到達目的地」，所以 jump onto the sofa 是「跳到沙發上（這個目的地）」的意思。不過要注意，jump on the sofa 其實還是有「跳到沙發上」和「在沙發上一直跳」這兩種意思，而 jump onto the sofa 語意就很明確是「跳到沙發上」。

A vase fell off the table onto the carpet.
花瓶從桌子上掉落，摔到地毯上去了。

表示 場所/位置 的介系詞

on 和 over

Q. 放入（　）的是 **on** 還是 **over**？

① A bird is flying (　) the tree.

小鳥在樹的上方飛過。

② A bird is sitting (　) the branch.

小鳥停在樹枝上。

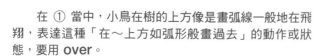

①「像弧形一般地在～上方畫過去」要用 over

A bird is flying over the tree.
小鳥在樹的上方飛過。

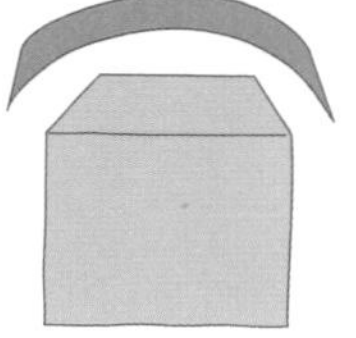

在 ① 當中，小鳥在樹的上方像是畫弧線一般地在飛翔，表達這種「在～上方如弧形般畫過去」的動作或狀態，要用 over。

There is a wooden bridge over the river.
有一座木造橋梁跨越河川上方。

② 因為「接觸到」樹枝，所以要用 on

A bird is sitting on the branch.
小鳥停在樹枝上。

雖然中文是使用「在～上面」「在～上方」，但像是插圖 ② 這種有「接觸到」樹枝、停留在上面的情況，要使用 on 來表示。

There is a garden on the roof of the building.
那棟大樓的屋頂上有庭院。

表示 位置(在上面) 的介系詞

over 和 above

Q. 放入（　　）的是 over 還是 above？

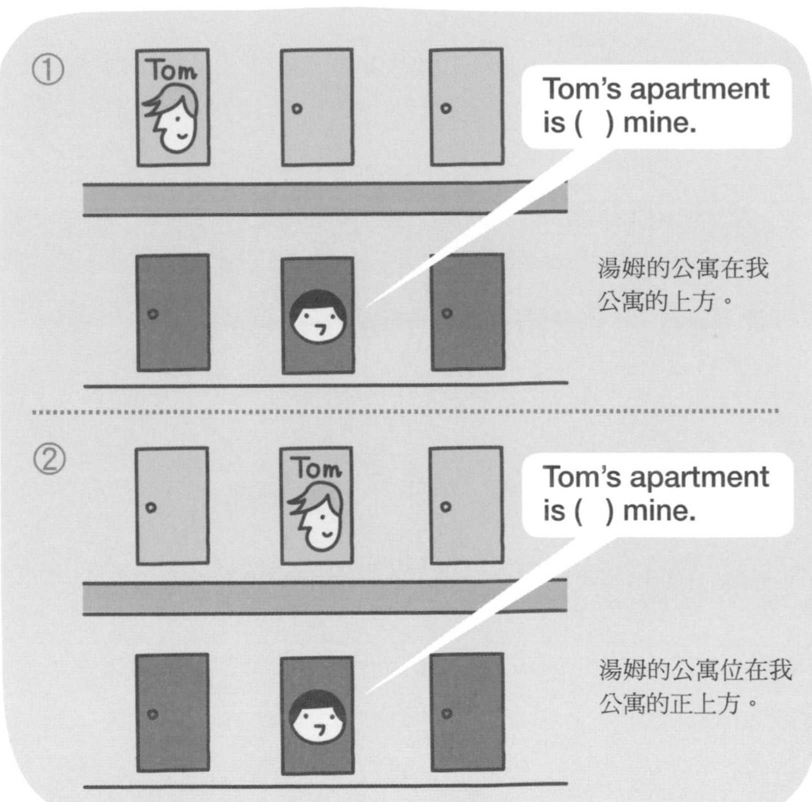
①
Tom
Tom's apartment
is ( ) mine.
湯姆的公寓在我
公寓的上方。
②
Tom
Tom's apartment
is ( ) mine.
湯姆的公寓位在我
公寓的正上方。

① 只要是在某事物「上方」，全都用 above

Tom's apartment is above mine.
湯姆的公寓在我公寓的上方。

above 和 over 都表示沒有接觸到表面、有點距離的「上方」。差別在於，above 不一定是要在正上方，就像圖①中，湯姆（Tom）的公寓比那位男生的公寓還要再高一層，但位置並非在那位男生的公寓正上方。

The sportswear department is above the shoe department.
運動服裝部門在鞋子部門的樓上。

② 特定指「正上方」時用 over

Tom's apartment is over mine.
湯姆的公寓位在我公寓的正上方。

over 是「像弧形般覆蓋在～上方」的概念，因為是「覆蓋在」某事物的「上方」，因此 over 也能表示「在正上方」的意思。

The light is over the table.
燈具在桌子的正上方。

> 此句如果改用 above the table，表示燈有可能是在餐桌的正上方、也有可能是在斜上方。

表示 位置（跨越） 的介系詞

over 和 beyond

Q. 放入（　　）的是 over 還是 beyond？

①
We have to go ( )
the mountain.
我們必須越過這座山。
②
We have to go ( )
the mountains.
我們必須穿越山嶺。

① 如覆蓋的概念「越過」山頭，要用 over

We have to go over the mountain.

我們必須**越過**這座山。

在 ① 當中，主要是要到達位於山頭另一邊的小木屋，所以翻越這座山的動作，就像是 over 的基本概念一樣，如覆蓋山頭般地「越過」這座山。

He tried to climb over the fence.

他努力越過柵欄。

② 穿越好幾個山頭，要用 beyond

We have to go beyond the mountains.

我們必須**穿越**山嶺。

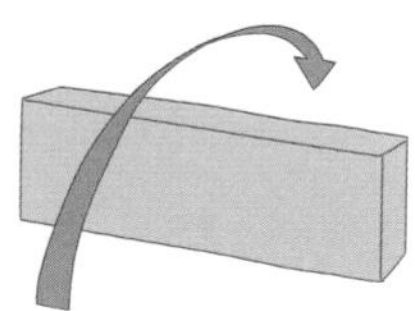

就圖 ② 來看，目的地（紅色小屋）位在比圖 ① 還要遙遠的位置。beyond 表示從目前所在的位置出發，穿越某物到達遙遠的另一邊的意思。和 over 相比，beyond 表現出目的地更遠的概念。

There is a continent beyond the sea.

大海的另一邊有陸地。

表示 位置(在~裡) 的介系詞

in 和 into

Q. 放入（　　）的是 in 還是 into？

①
A dog is walking
( ) the park.
OX公園
一隻狗正在公園裡面散步。
OX公園
②
A dog is walking
( ) the park.
一隻狗正要走進公園裡。

① 表達已在「框架裡面」要用 in

A dog is walking in the park.

一隻狗正**在**公園**裡面**散步。

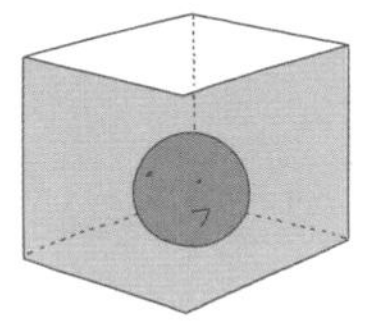

在 ① 當中可知，一隻狗已經在公園這個「框架裡面」了，並在裡面走動。在某空間裡面或被某框架包圍時，要用 in。

My brother is in his room now.
我哥哥現在在他的房間裡。

② 表達要「進入某框架裡」，要用 into

A dog is walking into the park.

一隻狗正要**走進**公園裡。

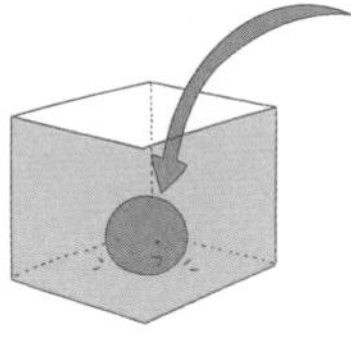

into 是 **in**（在～框架裡）和 **to**（抵達～）的組合字，使用於表示「進入～框架裡面」，並「到達某個目的地」的時候。和 **in** 相比，**into** 把重點放在「進去」這個動作。

A boy ran into a restroom.
有個男孩跑進廁所裡。

> 上面這句若改成 **ran in a restroom**，就變成「在廁所裡面跑步」的意思了。

表示位置(在~下)的介系詞

below和 under

Q. 放入（　　）的是 below 還是 under?

①
Should I put this
( ) the clock?
我該將這個放在時鐘的正
下方嗎？
②
Should I put this
( ) the clock?
我該把這個放在時鐘的
下方嗎？

① 表達「在正下方」用 under

Should I put this under the clock?

我該將這個放在時鐘的正下方嗎？

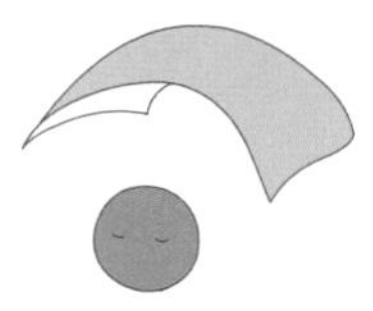

在 ① 當中，男士正準備將畫放到時鐘「正下方」的位置。under 和 below 同樣都是「下方」的概念，但 under 表示「在正下方」、「被～覆蓋」的概念。與 under 相反的「正上方」則是 over。

There is a river under the bridge.
橋的正下方有條河。

② 只要是在某事物的「下方」，全都用 below

Should I put this below the clock?

我該把這個放在時鐘的下方嗎？

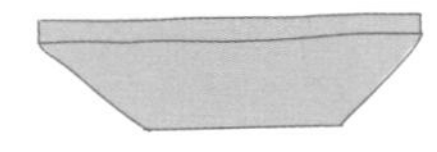

在 ② 當中，時鐘的位置是一個基準點，只要把畫放在比時鐘還「下方」的位置即可。below 表示「比某基準點還要下方」，並非表示一定要在正下方。與 below 意思相反的，是表示「比基準點還要上方」的 above。

The sun is going down below the horizon.
太陽慢慢落下至地平線之下。（太陽慢慢沉到比地平線還要下方之處。）

表示 場所(穿過~) 的介系詞

across 和 through

Q. 放入(　　)的是 **across** 還是 **through**？

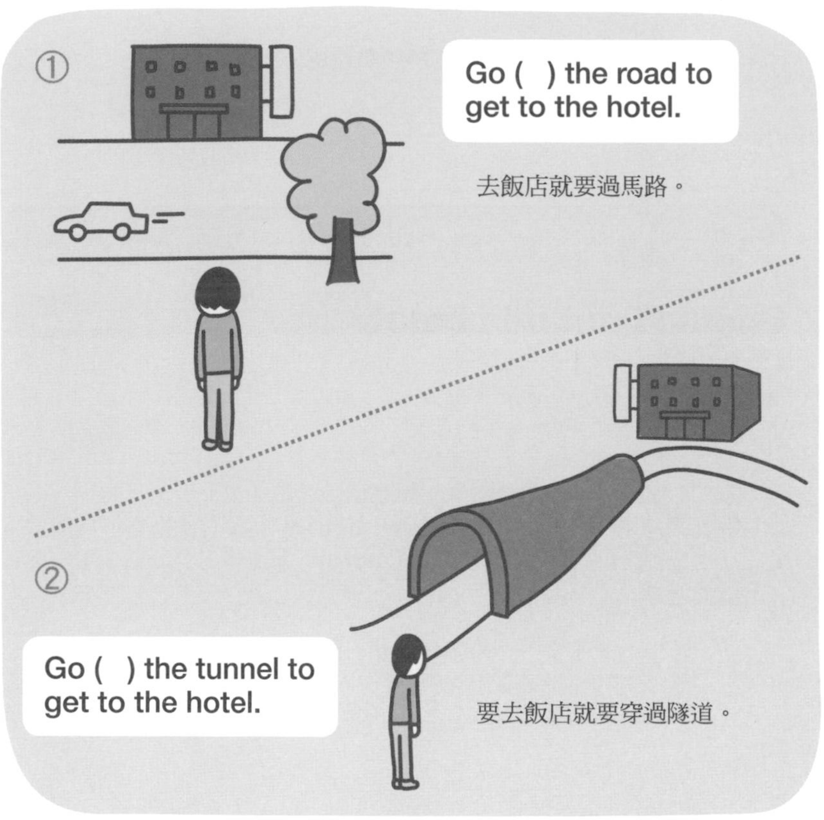
①
Go ( ) the road to get to the hotel.
去飯店就要過馬路。
②
Go ( ) the tunnel to get to the hotel.
要去飯店就要穿過隧道。

①「穿越平面」要用 across

Go across the road to get to the hotel.

去飯店就要**過**馬路。

將馬路比擬為平面的場所，因為要「穿越」此平面到達某目的地，所以使用 across。across 和 through 都能表示「穿過」「通過」某場所，差別在於，穿越平面的場所時用 across，而穿越立體空間時使用 through。

The children are swimming across the lake.
那群孩子正泳渡湖面。

②「穿越立體空間」是 through

Go through the tunnel to get to the hotel.

要去飯店就要**穿過**隧道。

表示「穿越」「通過」像是隧道般的立體空間時，要使用 through。「穿越」樹木林立的森林，「通過」高樓大廈林立的空間等時，也以 through來表示。

The river runs through the city.
那條河穿過這座都市。

表示 場所／位置 的介系詞

on 和 along

Q. 放入（　）的是 on 還是 along?

①
CAFÉ
Let's try that café
( ) the lake.
我們來試試看位在湖畔的
咖啡廳吧。
CAFÉ
②
Let's walk ( ) the
lake to that café.
我們沿著湖畔散步到那家
咖啡廳吧。

① 因為是「緊鄰著」「接觸著」湖畔，所以用 on

Let's try that café on the lake.

我們來試試看位在湖畔的咖啡廳吧。

在 ① 當中可知，介系詞是為了說明咖啡廳與湖畔的位置關係。當建築物是「緊鄰著」道路或河川的狀態時，要用 on。

The Smiths live on Main Street.
史密斯家族住在曼恩大街上。

② 因為是「沿著」湖畔行走，所以用 along

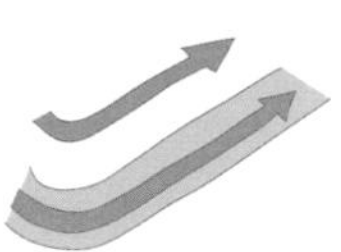

Let's walk along the lake to that café.

我們沿著湖畔散步到那家咖啡廳吧。

在 ② 當中，介系詞的使用是為了描述「沿著」湖畔散步。along 具有「沿著～」的概念，就如圖 ②「沿著湖邊的道路」。

The railroad tracks run along the shoreline.
鐵軌沿著海岸線綿延著。

表示 場所／位置 的介系詞 among 和 between

Q. 放入（　）的是 **among** 還是 **between**？

①
Please look at the statue
( ) the two trees.
請看看這兩棵樹之間的那座雕像。
②
Please look at the statue
( ) the trees.
請看看這幾棵樹木之間的那座雕像。

① 在兩棵樹「之間」的事物要用 between

Please look at the statue between the two trees.

請看看這**兩**棵樹**之間**的那座雕像。

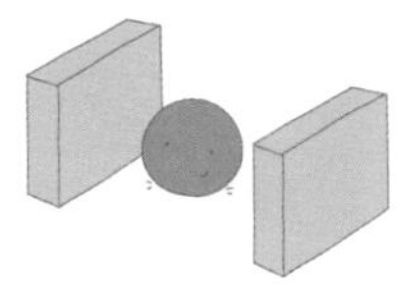

在 ① 當中，女子注意到雕像兩側各有一棵樹，所以才說「在這兩棵樹之間」。between 和 among 都是「在～之間」的意思，但在兩個物品或人物「之間」時，要使用 between。

The album is between the books on the shelf.

相簿位在架子上面的（兩本）書之間。

② 在很多棵樹「中間」的事物，要用 among

Please look at the statue among the trees.

請看看**這幾**棵樹木**之間**的那座雕像。

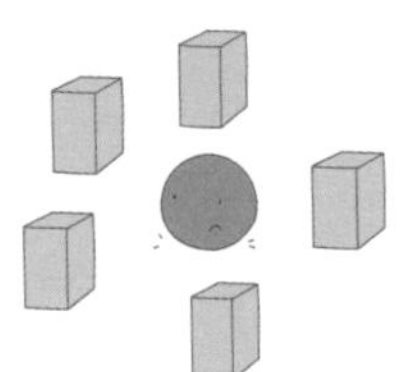

在 ② 當中，有許多樹木（超過兩棵）圍繞著雕像。當要表達在三者以上的不特定多數「之間」時，要用 among，主要是因為所要表達的「在～之間」不以「一棵一棵的樹」來做標準，而是以「樹群」來做標準，所以使用 among。

He suddenly stopped among the crowd.

他突然在人群當中停了下來。

表示 場所(從~) 的介系詞

from 和 out of

Q. 放入（　　）的是 from 還是 out of？

①
Don't throw trash
( ) there!
不要從那裡丟垃圾！
②
Don't throw trash
( ) the window!
不要把垃圾丟出窗外！

① 強調「從～」某個起點時，使用 from

Don't throw trash from there!

不要**從**那裡丟垃圾！

在 ① 當中，男孩站在窗戶邊把垃圾丟了出去，女子對他警告說「不要『從那裡』丟垃圾！」。**from** 和 **out of** 都有「從～」的意思，但當強調的重點是放在「從某某地方」這個「起點」時，要使用 **from**。

Trains for Los Angeles leave from Track 3.
往洛杉磯的火車是從三號線出發。

② 強調「從裡面往外」時，使用 out of

Don't throw trash out of the window!

不要把垃圾丟**出**窗外！

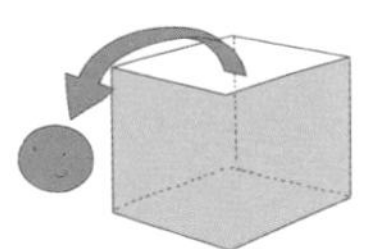

在 ② 當中，男孩在離窗戶有點距離的地方，並把垃圾往外丟，而女子警告他的是「往（窗戶的）外面」把垃圾丟「出去」這個行為。因為重點是擺在「從裡面往外」的這個動作上，所以使用 **out of**。

A fish jumped out of water.
魚從水中跳了出來。

表示 場所／伴隨 的介系詞

at 和 with

Q. 放入（　）的是 at 還是 with？

①
She's staying ( )
his family.
她要和他的家人
待在一起。
②
She's staying ( )
his house.
她要待在他家。

① 表示「伴隨」時要用 with

She's staying with his family.

她要和他的家人待在一起。

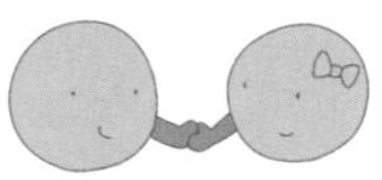

在 ① 當中，重點放在這位女子要待在「誰」那裡。表示「伴隨」「和～一起」的時候，要用具「伴隨～」這個概念的 **with**。

He has been with the company for eight years.

他在那間公司待了八年。

② 表示「場所」時要用 at

She's staying at his house.

她要待在他家。

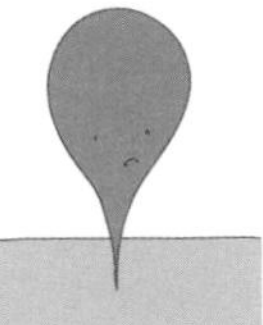

在 ② 當中，重點放在女子要逗留的「場所」。在表示「一處」場所而不是「某人」的時候是使用 **at**。**stay with** 是「（和某人）過夜」「在（某人）的地方過夜」，**stay at** 是「在（場所）過夜」的意思。

Her boyfriend was at the shop.

她的男朋友曾待過那家店。

表示 順序／位置 的介系詞

before 和 in front of

Q. (　) 裡面要放的是 before 還是 in front of？

①
THEATER
The woman arrived at the theater (　) her boyfriend.
女子在男友（來）之前抵達了戲院。
②
THEATER
The woman is standing (　) the theater.
女子正站在戲院前面。

① 關於順序的「前面」是用 before

The woman arrived at the theater before her boyfriend.
女子在男友（來）之前抵達了戲院。

在英文中，場所、位置的「前面」和時間順序的「前面」是使用不同的表達。關於順序或時間的前後，也就是提到「在…之前」時，要用 before。相反的「之後」，則是以 after 來表現。

He puts his work before his family.
他把工作排在家庭前面。

就上面這個句子中，「工作排在家庭前面」表示「比起家人，以工作為優先」的意思。

② 關於場所的「前面」是使用 in front of

The woman is standing in front of the theater.
女子正站在戲院前面。

表示場所的「在正面」「在前面」是使用 in front of。相反的「後面」是 behind。

Don't talk about my boyfriend in front of my parents.
別在我父母面前提到我男友。

in front of 不只是用來表示在建築物或東西的「前面」，也用來表示在人的「面前」。

in front of 基本概念是「在正面」，表示在某某人事物的「正面」。

表示 順序／位置 的介系詞

after 和 behind

Q. 放入（　　）的是 after 還是 behind?

①
Close the door ( ) you.
（在你）經過之後把門關上。
②
Close the door ( ) you.
關上你後面的門。

① 表示順序的「等一下」「之後」，請用 after

Close the door after you.

（在你）經過**之後**把門關上。

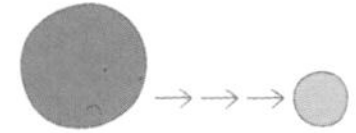

after 在順序或時間方面有「在～之後」的意思，after you 是「在你之後」的意思，所以圖 ① 中，男生對女子說的是，「在你經過之後」把門關上，並不是「在你的後面」的意思。

John will read the book after Meg.

John 打算在 Meg 之後讀那本書。

② 表示位置的「後面」，請用 behind

Close the door behind you.

關上你**後面**的門。

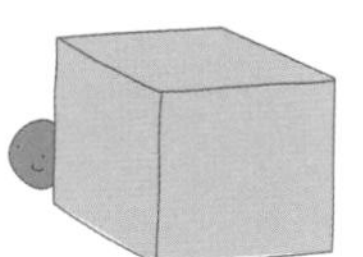

在 ② 中有兩個門，男生對女子說，請她關上她「背後」的那扇門。after 和 behind 中文都有「在～之後」的意思，但在表示方位的時候要用 behind。

The garden is behind the house.

庭院在房子的後面。

表示 方向 的介系詞

at 和 to

Q. 放入（　）的是 at 還是 to?

①
Kick the ball ( ) the goal.

朝著球門的方向把球踢過去。

②
Kick the ball ( ) the goal.

瞄準球門踢。

① 表示「方向」時要用 to

Kick the ball to the goal.
朝著球門的方向把球踢過去。

在 ① 當中，教練對球員下指示，要他把球踢往球門的方向。**to** 的概念是「朝某個方向前進並抵達」「抵達某個點」，所以教練的指示，是要求球員把球踢往球門的方向，把球送達球門，而非瞄準球門踢過去。

She is on her way to work.
她正在前往工作的路上。

② 表示「瞄準一個點」時要用 at

Kick the ball at the goal.
瞄準球門踢。

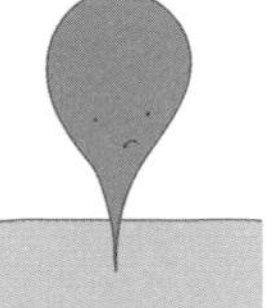

在 ② 當中，教練指示球員瞄準球門踢球，也就是把球踢進球門得分。**to** 和 **at** 雖然都能在表示方向時使用，但 **at** 有「瞄準一個點」的意思。

Jane yelled at me.
Jane 對我怒吼。

「對準我怒吼」→ 即「對我怒吼」的意思。

表示方向的介系詞

to 和 for

Q. 放入（　）的是 to 還是 for?

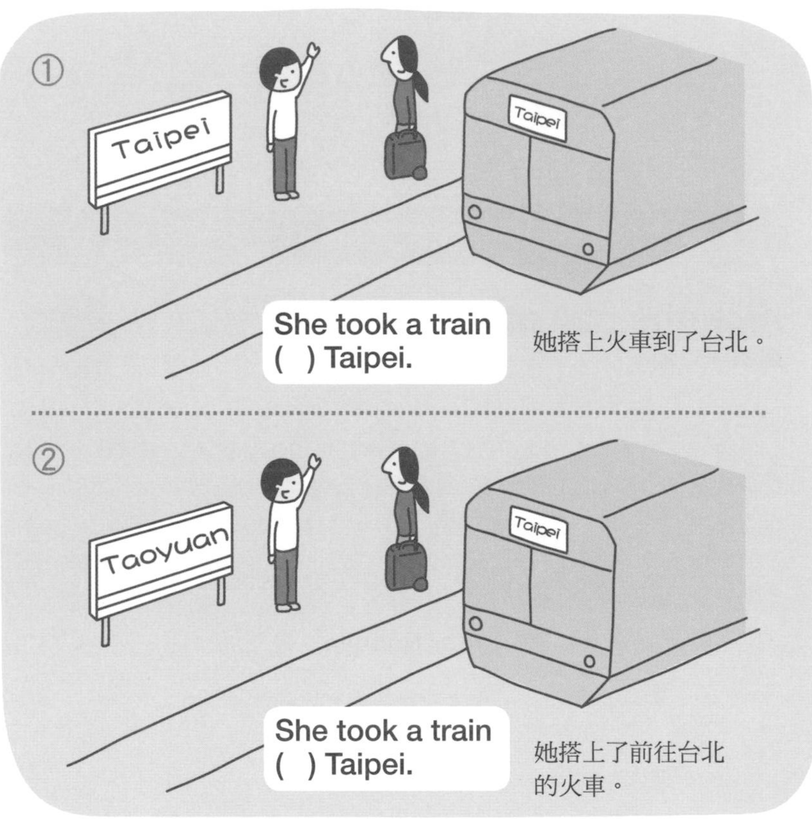
①
Taipei
Taipei
She took a train
( ) Taipei.
她搭上火車到了台北。
②
Taoyuan
Taipei
She took a train
( ) Taipei.
她搭上了前往台北的火車。

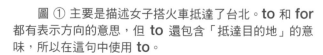

① 包含「方向與抵達目的地」時要用 to

She took a train to Taipei.
她搭上火車**到**了台北。

圖 ① 主要是描述女子搭火車抵達了台北。to 和 for 都有表示方向的意思，但 to 還包含「抵達目的地」的意味，所以在這句中使用 to。

She fell to the ground.
她倒到地上去。

② 只表示「方向」的話要用 for

She took a train for Taipei.
她搭上了**前往**台北的火車。

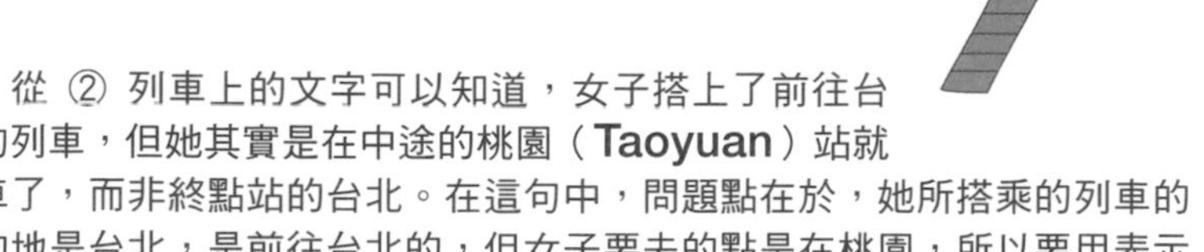

從 ② 列車上的文字可以知道，女子搭上了前往台北的列車，但她其實是在中途的桃園（Taoyuan）站就下車了，而非終點站的台北。在這句中，問題點在於，她所搭乘的列車的目的地是台北，是前往台北的，但女子要去的點是在桃園，所以要用表示「朝著～方向前進」的 for。

The bus left Tokyo for Nagoya.
巴士離開東京前往名古屋。

表示方向的介系詞 to和toward

Q. 放入（　）的是 to 還是 toward?

①
She is rushing ( ) somewhere.
她正急著朝著某個方向趕去。
②
She was rushing ( ) this store.
ICE CREAM
她剛急著來到這家店。

① 單純表示「方向」要用 toward

She is rushing toward somewhere.

她正急著**朝著**某個**方向**趕去。

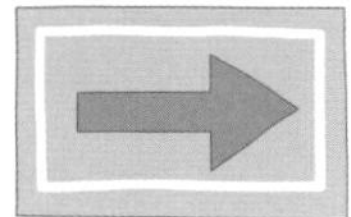

在 ① 當中，女子正急著趕去某個地方，但並未到達目的地。像這樣單純表示「方向」的介系詞就要用 **toward**。

They are walking toward each other.

他們朝彼此的方向走去。

② 包含「抵達目的地」之意時要用 to

She was rushing to this store.

她剛急著來**到**這家店。

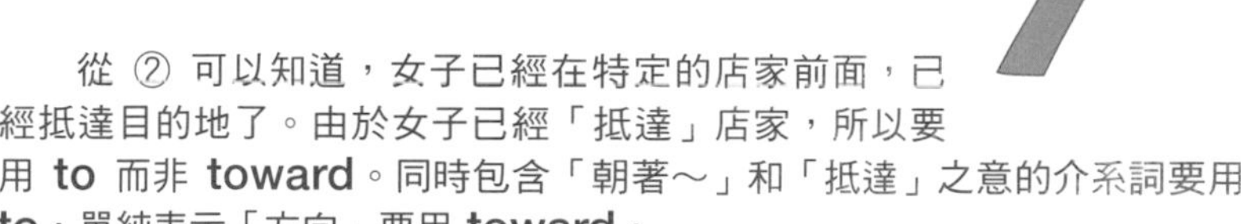

從 ② 可以知道，女子已經在特定的店家前面，已經抵達目的地了。由於女子已經「抵達」店家，所以要用 **to** 而非 **toward**。同時包含「朝著～」和「抵達」之意的介系詞要用 **to**，單純表示「方向」要用 **toward**。

The child ran to his father.

那個小孩跑到他父親那邊。

表示 方式／場所 的介系詞

by 和 on

Q. 放入（　　）的是 **by** 還是 **on**？

①
She is ( ) a bicycle.
她正在騎腳踏車。
②
She came ( ) bicycle.
她是藉由騎腳
踏車來的。

① 強調「腳踏車」這個具體交通工具時，要用 on

She is on a bicycle.

她正**在**騎腳踏車。

① 和 ② 都在表示騎腳踏車。在 ① 的插圖當中，主要在說明正在「騎腳踏車」此交通工具的行為或狀態。另外因為是「接觸」交通工具的概念，所以用 on。

He wants to travel on a sleeper train.

他想要搭臥鋪車廂去旅行。

 強調「騎腳踏車」這個方式、手段時，要用 

She came by bicycle.

她是（**藉由**）騎腳踏車來的。

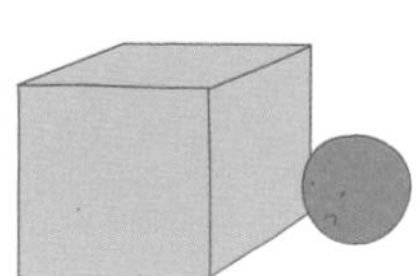

在 ② 當中，主要在說明「騎腳踏車」此交通方式。像這樣在表示手段或方法的時候，不要加上 a/an 或 the 等冠詞，而是要以【by＋交通工具名稱】來表示，因為此時的交通工具並非具體的物品，而是一個概念。

In the U.S., many people commute by car.

在美國，很多人都會搭車通勤。

表示 方式 的介系詞

by 和 with

Q. 放入（　　）的是 **by** 還是 **with**？

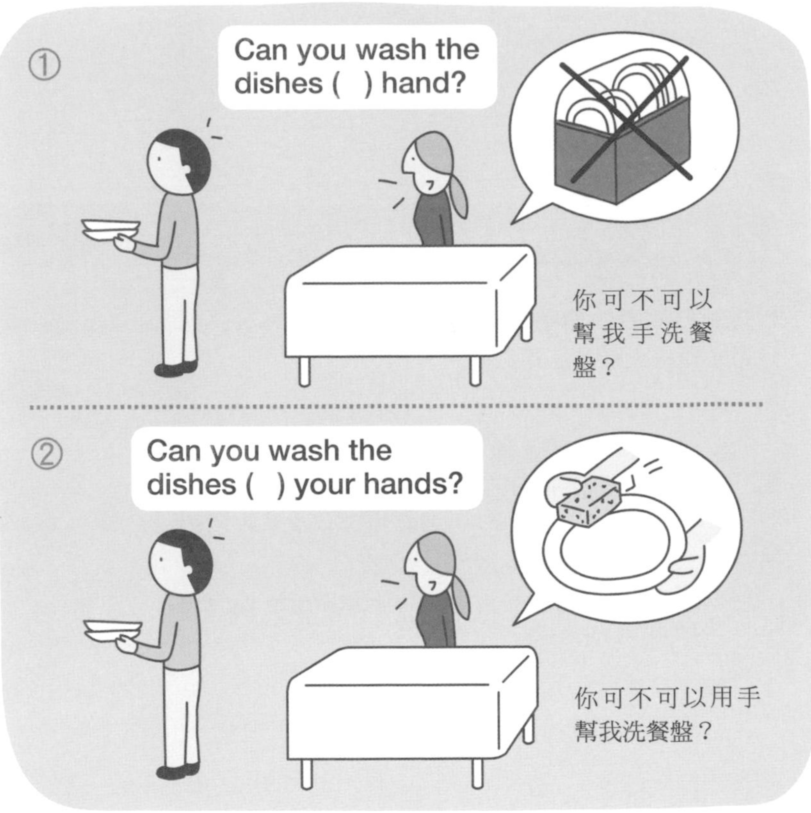

①
Can you wash the dishes ( ) hand?
你可不可以幫我手洗餐盤？
②
Can you wash the dishes ( ) your hands?
你可不可以用手幫我洗餐盤？

① 強調「利用～方法」時要用 by

Can you wash the dishes by hand?

你可不可以幫我（**藉由**）手洗（**方式**）餐盤？

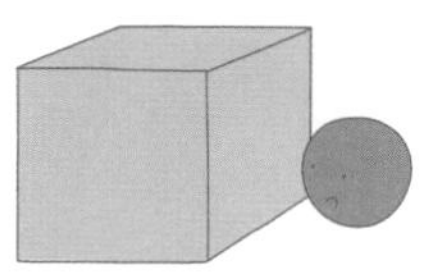

在這個句子中，主要是表示「不是用其他方式」，而是「用手洗這個方式」來洗餐盤的。**by** 的基本概念是「在～旁邊、附近」，請將「把餐盤洗好」想成是一個目標，為了達成目標，就要先靠近「達成此目標」的方法，所以引申為「藉由、利用～方法」。

Please send the request form by fax.

請用傳真的方式將申請表送過來

② 強調「使用～工具、部位」時要用 with

Can you wash the dishes with your hands?

你可不可以**用手**幫我洗餐盤？

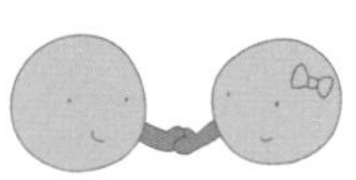

在 ② 當中，女子想表達的是「使用手（這個肢體部位）來洗」，而不是「手段，方法」。像這樣在表示「使用具體道具、部位」的意思時，要用具有「伴隨」概念的 **with**。

Please fill in the form with a black pen.

請使用黑筆來填寫表格。

在被動態中使用的介系詞

by 和 with

Q. 放入（　　）中的是 **by** 還是 **with**？

①

The window was broken ( ) a stone.

窗戶是受石頭（撞擊）而被打破的。

②

The window was broken ( ) a stone.

窗戶（被人）用石頭打破了。

① 強調動作本身時，要用 by

The window was broken by a stone.
窗戶是受石頭（撞擊）而被打破的。

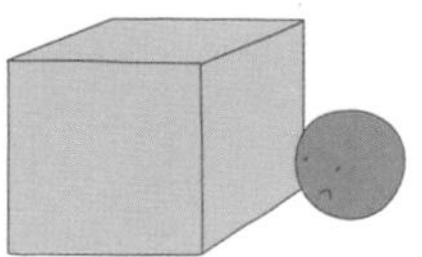

在 ① 當中，主要在強調石頭「撞擊、打破」這個動作，所以用 by。

The copier is regularly checked by a technician.
影印機定期由技術人員維修檢查。

② 強調「物體、工具、部位」時，要用 with

The window was broken with a stone.
窗戶（被人）用石頭打破了。

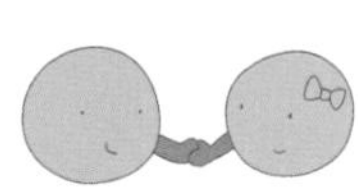

在這句中，「打破」這個動作的主體被省略，因為主要在強調「被人『用』石頭打破窗戶」。像這樣在表示「用物體、工具、部位～」的時候，要用【with＋道具】。

A big chunk of meat was cut with a knife.
一大塊的肉被刀給割開了。

表示 關聯／關於 的介系詞

about 和 on

Q. 放入（　）的是 **about** 還是 **on**？

①
That's a book
( ) plants.
那是與植物相關的書。
②
That's a book
( ) plants.
那是探討植物的書。

① 大略提及與主題「相關」時，要用 about

That's a book about plants.
那是**與**植物**相關**的書。

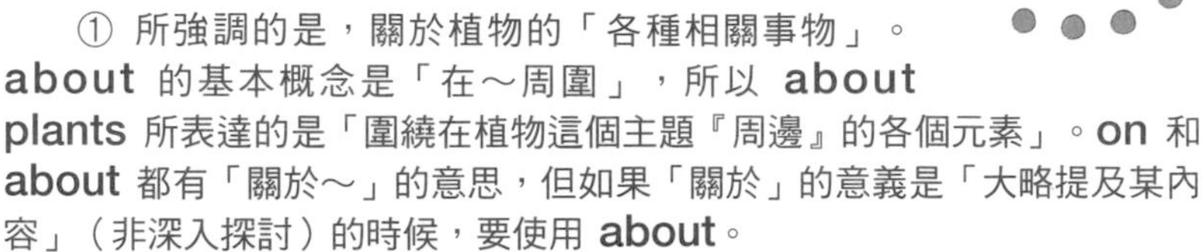

① 所強調的是，關於植物的「各種相關事物」。about 的基本概念是「在～周圍」，所以 about plants 所表達的是「圍繞在植物這個主題『周邊』的各個元素」。on 和 about 都有「關於～」的意思，但如果「關於」的意義是「大略提及某內容」（非深入探討）的時候，要使用 about。

She wanted to tell me about her problems.
她想要跟我說關於她自己的問題。

② 深入探討某主題的「關於」，要使用 on

That's a book on plants.
那是**探討**植物的書。

② 所表示的是一本深入探討的專業書籍。on 的基本概念是「緊密接觸」，與 about 的概念不同，想像一下「緊密接觸」植物這個話題時，就會很深入地一直探討下去。on 是使用在比 about 還要專門、深入的觀點或內容時。

The professor made a speech on international affairs.
教授針對國際情勢的內容進行演講。

表示來源的介系詞 from 和 of

Q. 放入（　）的是 from 還是 of？

①
Coffee is made ( ) coffee beans.
咖啡是從咖啡豆來的。
②
This cup and saucer is made ( ) wood.
這個杯子和碟子是用木頭製的。

① 用肉眼無法馬上判斷其原料時，要用 from

Coffee is made from coffee beans.

咖啡是從咖啡豆來的。

圖 ① 想表達的是，如果沒人告訴你，單用肉眼看其外觀，也不會知道咖啡是從咖啡豆來的。像這樣，無法用肉眼觀察並馬上得知其原料的情況，要使用 **from**。想像一下，將「原物料（咖啡豆）」比擬為遠處的「起點」，一段時間之後才製造出「和起點有些距離」的完成品（一杯咖啡）。

She bought a dress made from silk.
她買了一件由絲絹製成的洋裝。

② 用肉眼觀察，能馬上知道其原料時，要用 of

This cup and saucer is made of wood.

這個杯子和碟子是用木頭製的。

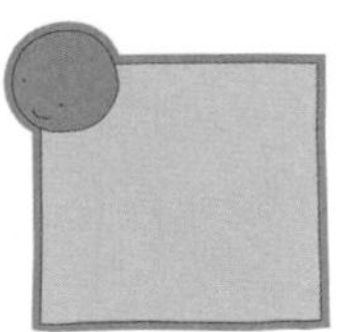

像這樣，一眼就能馬上分辨木製品的來源是樹木時，要用 **of**。**of** 的基本概念是「釐清界線」「使某事物的歸屬、歸類更為明確」，對於眼前木製品，**of** 的作用在表示，木製品被明確地歸類在木頭此種原料之下。

His new briefcase is made of leather.
他的新公事包是皮革製的。

表達上班地點時，for/at/in 的意義都不同

當有人問你上班地點，「您在哪裡高就呢？」，若回答「我在 ABC 百貨公司上班」時，英文有三種回答方式：**I work for ABC Department Store.**、**I work at ABC Department Store.**、**I work in ABC Department Store.**。不同之處就在介系詞的 **for**、**at**、**in**，依據介系詞本身不同的意義，這些句子所傳達的訊息也會有所出入。

for 具有「朝著」對象或目標的概念，**I work for~** 是「我是為～公司工作」，也就傳達出被該公司「雇用」「雇主與職員關係」的訊息。另外，這裡的 **for** 後面不一定要接公司名稱，也可以接人名，像是 **I work for Mr. Smith.**「我是為史密斯先生工作的」的用法。

相對於此，**at** 是把場所看作是一個點的介系詞，因此使用**at**的話，**I work at ABC Department Store.** 所傳達的意義是，我的工作場所是在「**ABC** 百貨公司」這個地點。使用介系詞 **in** 的話，所傳達的意義就是，我「在 **ABC** 百貨公司裡面」工作。只不過，在使用 **at** 或 **in** 時，我們可以肯定「是在 **ABC** 百貨公司這棟建築物裡面或這個地點工作」，但是不是在 **ABC** 百貨公司這間企業底下服務，就不得而知了。

第 3 章

與動詞的搭配

接下來，我們整理了在日常會話中，使用頻率高的基本動詞與介系詞的組合。現在就透過例句，好好掌握每一個組合所代表的意義與用法吧。

動詞＋at

arrive at 抵達～	Please call me when you arrive at the station. 你到車站之後請打電話給我。
call at 停靠～	Can you call at the grocery store? 你可否停靠在雜貨店一下？
glance at 看一下，瞥一下～	He glanced at his watch nervously. 他匆忙地瞥了一下手錶。
laugh at 笑～	Everyone laughed at his jokes. 大家都被他的笑話給逗笑了。
stare at 盯著～，凝視著～	She was staring at that sculpture. 她一直盯著那座雕像看。

動詞＋in

believe in 相信～的存在	My son believes in Santa Claus. 我兒子相信聖誕老人的存在。
consist in 存在於～	Happiness consists in contentment. 幸福就在於滿足。
fill in 填寫	Please fill in this application form. 請填寫這個申請表。
get in 搭乘～	Two girls got in his car. 兩個女孩子搭上了他的車。
hand in 提出～	He handed in his resignation today. 他今天提出了辭呈。
lie in 在於～	Hope lies in the future. 希望在於未來。
pull in 吸引～	The ad pulled in the crowds. 廣告吸引了大批的人潮。
send in 呈交，呈上	I'll send in the registration form today. 我今天會呈交登記表格。

turn in
歸還～

Did you turn in the library books?
你歸還圖書館的書了嗎？

動詞＋on

call on
拜訪～

Let's call on Kate on the way home.
回程時順道拜訪凱特吧。

carry on
繼續～

I carried on a conversation with him.
我繼續和他對話。

concentrate on
專心於～

She concentrated on her research.
她專心於研究上。

count on
指望～

Don't count on him.
不要指望他。

depend on
仰賴～

Our plan depends on the weather.
我們的計畫全仰賴天氣了。

fall on
正逢～

Christmas falls on Sunday this year.
今年的耶誕節正逢週日。

focus on
專注於～

Focus on your own problems.
專注於自己的問題就好。

get on
搭乘～

Many schoolgirls got on the train.
許多女學生搭上了列車。

insist on
堅持～

She insisted on her honesty.
她堅持認為自己是誠實的。

live on
以～為食物

She lives on vegetables.
她以蔬菜維生。

put on
穿上～

Put on a warmer coat.
穿上更暖和的外套吧。

rely on
信賴～

You can rely on what he says.
他所說的都值得信賴。

sleep on
擱一晚好好思考～

Let me sleep on it.
那件事請讓我在晚上時想想，留到明天再說。

take on 承接～	I can't take on any more work. 我無法再承接工作了。
turn on 打開～（電源）	Please turn on the TV. 請打開電視。
wait on 等待～，為～服務	The head waiter waited on us. 飯店領班為我們服務。

動詞＋from

benefit from 從～得到利益	They're benefitting from the weak yen. 他們因為日幣貶值／走弱而獲利。
come from 來自於～	Where do you come from? 你來自於哪裡呢？
hear from 從～得知	I haven't heard from him for months. 我已經好幾個月沒有他的消息了。
make ~ from ... ～是從…製作的	Sake is made from rice and water. 清酒是從米和水製作而成的。
suffer from 苦於～	She's suffering from back pain. 她苦於背痛。
withdraw from 從～撤退	We decided to withdraw from the project. 我們決定退出那個企畫。

動詞＋to

add to 增加～	This book will add to her reputation. 這本書會提高她的名聲。
apply to 符合～，適用於～	This rule doesn't apply to part-timers. 這個規定不適用於臨時員工。
come to 達到～	The total comes to 35 dollars. 總金額達 35 塊美元。
get to 抵達～	How can I get to the station? 我要怎麼到車站呢？

hold to
堅守～

She always holds to her promises.
她總是堅守約定。

keep to
不偏離～，遵守～

Keep to the left.
麻煩靠左通行。

stick to
對～執著

You should stick to what you decided.
你決定好的事，就應該要堅持到底才對。

take to
喜歡上～

You'll take to this town soon.
你會很快地喜歡上這座城市。

turn to
向～尋求（協助）

He has no one to turn to for help.
他沒有可以尋求協助的人。

動詞＋for

account for
佔有～

Rent accounts for one-third of his salary.
房租佔了他薪水的三分之一。

aim for
致力於～

She is aiming for a high-income job.
她致力於高收入的工作。

apply for
申請～

Why did you apply for this job?
你為何要申請（應徵）這份工作呢？

ask for
要求～

Did you ask for a wake-up call?
你有要求電話叫醒服務嗎？

care for
喜歡～

Would you care for some tea?
你喜歡（想要）喝茶嗎？

fight for
為～而戰

They are fighting for freedom.
他們為自由而戰。

go for
為～出去

Why don't we go for a drive?
我們要不要出去兜風？

head for
朝著～前進

He is heading for home now.
他現在正往回家的路上。

hope for
希望～

We're hoping for the best.
我們希望有最好的結果。

look for
尋找～

I'm looking for my cell phone.
我正在找手機。

pay for
支付～的費用

I'll pay for dinner tonight.
今晚的晚餐我來付。

prepare for
做～的準備

I need to prepare for my trip.
我必須要為我的旅行做準備。

run for
參選，身為～的候選人

My uncle will run for mayor.
我叔叔將參選市長。

send for
去叫～過來

We should send for a doctor.
我們最好去叫醫生。

stand for
表示～

M on the map stands for the subway.
M 在地圖上表示地鐵的意思。

vote for
為～投票

The majority voted for the proposal.
大多數人對於此提案都投了贊成的票。

wait for
等待～

I'm waiting for a call from my client.
我正等待顧客的來電。

動詞＋of

consist of
由～組成

Breakfast consists of rice and miso soup.
早餐是（由）米飯和味噌湯（組成）。

die of
因～而死

My aunt died of breast cancer.
我的伯母死於乳癌。

dispose of
處理掉～

I disposed of some household appliances. 我把幾件家電處理掉了。

hear of
聽說～

Have you heard of her?
你聽說過她的事嗎？

know of
知道～

Do you know of our office's relocation?
你知道我們辦公室遷移的事嗎？

make ～ of ...
～是由…製作的

This cup is made of recycled paper.
這個杯子是由再生紙做的。

think of
思考～

What do you think of her idea?
你是怎麼看待她的想法的？

動詞＋by

come by
入手～，得到～

How did you come by this painting?
你是怎麼得到這幅畫的？

go by
以～來判斷

Don't go by what he says.
不要光靠他說的話來判斷。

pass by
經過

A group of foreigners passed by me.
一群外國人從我身邊經過。

stand by
支持～

I'll stand by you whatever happens.
不管發生什麼事，我都是站在你這邊的。

動詞＋with

agree with
贊成～

Everybody agreed with her opinion.
所有人都贊成她的意見。

cope with
應付～，解決～

Tell me how to cope with stress.
請告訴我解決壓力的方法。

deal with
處理～

He has to deal with lots of emails.
他必須要處裡許多封的電子郵件。

do with
處理～

What will you do with that box?
你打算怎麼處裡那個箱子？

go with
和～搭配

The tie goes with your shirt.
那條領帶和你的襯衫很搭。

meet with
和～見面

I'll meet with my client tomorrow.
我明天要和客戶見面。

part with
捨棄～，割捨～

I parted with most of my books.
我捨棄了大部分的書。

stay with
和～待／住在一起

Why don't you come stay with me?
何不來我這住呢？

work with 和～一起工作	We hope to work with you again. 我們希望可以再跟你共事。

動詞＋about

bring about 帶來～，引起～	Moving brought about a change in my life. 搬家在我的生活當中帶來了變化。
care about 在意～	She doesn't care about her appearance. 她並不在意她的外表。
complain about 抱怨～	She is always complaining about her family. 她總是抱怨家人。
go about 著手～，從事～	I don't know how to go about the job. 這個工作我不知道該如何著手。
hear about 聽聞～，得知～	Did you hear about her marriage? 你有聽說關於她結婚的事嗎？
see about 處理～	Who will see about the tickets? 誰要處理這些票？
set about 著手進行～	I set about the next project at once. 我馬上要進行下個企畫案。
talk about 談論～	We always talk about anything. 我們總是什麼都聊。
think about 思考～	What do you think about her idea? 對於她的想法你有什麼看法呢？

動詞＋after

look after 照顧～	He'll look after my dog while I'm away. 我不在的時候，他會照顧我的狗。
name ～ after ... 以…的名字來命名	He was named after his grandfather. 他是以他祖父的名字來命名的。
take after 和～相像	She takes after her mother. 她和她母親很像。

run after
追趕～，追求～

She is running after the latest fashion.
她追求最新流行。

動詞＋across

come across
巧遇～

I came across my old friend yesterday.
昨天我巧遇老朋友。

cut across
穿過～走捷徑

Let's cut across the park.
我們穿過公園走捷徑吧。

get across
使明白，解釋清楚

I had trouble getting across my thoughts.
我費盡苦心讓大家都能明瞭自己的想法。

run across
偶然發現～

I ran across an old love letter I got.
我偶然發現以前收到的一封情書。

動詞＋through

break through
衝破～

The dog broke through the glass.
小狗衝破了玻璃。

come through
經歷～

We came through a difficult situation.
我們經歷了艱困的局面。

get through
完成～

I got through a pile of work.
我完成了堆積如山的工作。

go through
檢討～

We spent many hours going through the plan. 我們花了好幾個小時檢討這個計畫。

look through
迅速過目～

Can you look through the document?
你可以快速看一下這份資料嗎？

pass through
穿越～

You can pass through the gate into the lake. 你可以穿過大門到湖邊。

see through
看穿～

We all saw through his excuses.
我們都看穿（識破）他的藉口了。

動詞＋around

get around 說服～	Try to get around him with humor. 試著以幽默的方式來說服他。
go around 四處走走	My dream is going around the world. 我的夢想是環遊世界。
look around 到處看看	I'll look around the town this afternoon. 我今天下午要到鎮上看看。

動詞＋toward

head toward 朝著～前進	They headed toward the lake. 他們朝著湖前進。
move toward 朝著～移動	They moved toward each other. 他們朝著彼此前進。

動詞＋into

break into 闖入～	Someone broke into our house. 有人闖入我們家。
bump into 碰撞～	I almost bumped into a tree while driving. 我開車時差點就撞到樹了。
burst into 突然～	She burst into tears. 她突然哭了起來。
come into 進入，映入～	A tall building came into sight. 高聳的大樓映入眼簾。
cut into 切入～	Don't cut into the line, please. 請不要插隊。
enter into 開始～	We entered into discussions with them. 我們開始和他們討論了起來。
fall into 陷入～	She fell into a doze. 她打起了瞌睡。